戰慄

余華 著

余華作品集

國家圖書館出版品預行編目資料

戰慄／余華著. -- 初版. -- 臺北市：麥田出版：家庭傳媒城邦分公司發行,
2006〔民95〕
面；　　公分. --（余華作品集；5）

ISBN 978-986-173-105-6（平裝）

857.63　　　　95011513

戰慄

作者　余華
責任編輯　胡金倫
總經理　陳蕙慧
發行人　涂玉雲
出版　麥田出版・城邦文化事業股份有限公司
100台北市中正區信義路二段213號11樓
電話：(02) 2356-0933　傳真：(02) 2351-9179　(02) 2351-6320
發行　英屬蓋曼群島商家庭傳媒股份有限公司城邦分公司
104台北市中山區民生東路二段141號2樓
網址：www.cite.com.tw
客服服務專線：(886)2-25007718；25007719
24小時傳真專線：(886)2-25001990；25001991
服務時間：週一至週五上午09:00~12:00；下午13:00~17:00
劃撥帳號：19863813；戶名：書虫股份有限公司
讀者服務信箱：service@readingclub.com.tw
香港發行所　城邦（香港）出版集團有限公司
香港灣仔軒尼詩道235號3樓
電話：25086231　傳真：25789337
E-mail：hkcite@biznetvigator.com
馬新發行所　城邦（馬新）出版集團【Cite (M) Sdn. Bhd. (458372U)】
11, Jalan 30D / 146, Desa Tasik, Sungai Besi,
57000 Kuala Lumpur, Malaysia.
電話：603-90563833　傳真：603-90562833
E-mail: citecite@streamyx.com
印刷　禾堅有限公司
初版一刷　2006年8月15日

ISBN-13：978-986-173-105-6
ISBN-10：986-173-105-9
售價：220元
Printed in Taiwan

自序

這是我從一九八六年到一九九八年的寫作旅程，十多年的漫漫長夜和那些晴朗或者陰沉的白晝過去之後，歲月留下了什麼？我感到自己的記憶只能點點滴滴地出現，而且轉瞬即逝。回首往事有時就像是翻閱陳舊的日曆，昔日曾經出現過的歡樂和痛苦的時光成爲了同樣的顏色，在泛黃的紙上字跡都是一樣的暗淡，使人難以區分。這似乎就是人生之路，經歷總是比回憶鮮明有力。回憶在歲月消失後出現，如同一根稻草漂浮到溺水者眼前，自我的拯救僅僅只是象徵。同樣的道理，回憶無法還原過去的生活，它只是偶然提醒我們：過去曾經擁有過什麼？而且這樣的提醒時常以篡改爲榮，不過人們也需要偷梁換柱的回憶來滿足內心的虛榮，使過去的人生變得豐富和飽滿。我的經驗是寫作可以不斷地去喚醒記憶，我相信這樣的記憶不僅僅屬於我個人，這可能是一個時代的形象，或者說是一個世界在某一個人心靈深處的烙印，那是無法癒合的疤痕。我的寫作喚醒了我記憶中無數的欲望，這樣的欲望在我過去生活裏曾經有過或者根本沒有，曾經實現過或者根本無法實現。我的寫作使它們匯集到了一起，在虛構的現實裏成爲合法。十多年之後，我發現自己的寫作已經建立了現實經歷之外的一條人生道路，它和我現實的人生之路同時出發，並肩而行，有時交叉到了一起，有時又天各一方。因此，我現在越來越相信這樣的話——寫作有益於身心健康，因爲我感到自己的人生正在完整起來。寫作使我擁有了兩個人生，現實的和虛構的，它們的關係就像是健康和疾病，當一個強大起來時，另一個必然會衰落下去。於是，當我現實的人生越來越平乏之時，我虛構的人生已經異常豐富了。這些中短篇小說所記錄下來的，就是我的另一條人生之路。與現實的人生之路不同的是，它有著還原的可能，而且準確無誤。雖然歲月的流逝會使它紙張泛黃字跡不清，然而每一次的重新出版都讓它煥然一新，重獲鮮明的形象。這就是我爲什麼如此熱愛寫作的理由。

目次

詹姆斯・喬伊斯基金會頒獎詞

余華，我們很榮幸地通知你，你已成爲由詹姆斯・喬伊斯基金會榮譽授予，由澳大利亞與愛爾蘭共同舉辦的懸念句子文學獎的首位獲獎中國作家。你的中篇和短篇小說反映了現代主義的多個側面，它們體現了深刻的人文關懷，並把這種有關人類生存狀態的關懷回歸到最基本最樸實的自然界，正是這種特質把它們與詹姆斯・喬伊斯以及塞謬爾等西方先鋒文學作家的作品聯繫起來。在作品《芬妮根守靈》中，喬伊斯把利菲河充分溶入了女性的力量，而在《瓦特》中，塞謬爾賦予風以神的力量。你的作品則反映了自然實體的生存狀態，它們既不是聖潔的，也不是聳人聽聞般的，它們只不過是一種類似於天氣般的存在，一種存在於宇宙當中的原始經驗。

現在，有一種全世界都比較普遍的觀點，認爲與生俱來的環境的不斷損毀導致了人類的掠奪天性。而你，一位中國作家賦予二十一世紀的生活以道學的精神，由此帶來一種全新的視野，這也是為什麼喬伊斯把《荷馬史詩》中的奧德修斯稱作領航的大師，他始終與風浪相連，這個人物最終成為他創作《尤利西斯》的原型。

——詹姆斯・喬伊斯基金會

新版說明

將自己的作品集中起來整體出版，我想這是每一位作家的願望。當這樣一套作品系列出現在書架上時，作家就會感到他的寫作和想像開始統一有序了，而且一目瞭然。感謝上海文藝出版社和郟宗培先生幫助我實現這樣的願望，使這套《余華作品系列》得以出現。現在我的家底都放在上海文藝出版社了，我新掙到的也會陸續放進去。我的意思是說，這是一套開放的作品系列，它包括了我過去的全部作品，也會包括我今後的全部作品。

余華

二〇〇三年八月六日

戰慄

余華 作品集

一個地主的死

一

從前的時候，一位身穿黑色絲綢衣衫的地主，鶴髮銀鬚，他雙手背在身後，走出磚瓦的宅院，慢悠悠地走在自己的田產上。在田裏幹活的農民見了，都恭敬地放好鋤頭，雙手擱著木柄，叫上一聲。

「老爺。」

當他走進城裏，城裏人都稱他先生。這位有身分的男人，總是在夕陽西下時，神態莊重地從那幢有圍牆的房屋裏走出來，在晚風裏讓自己長長的白鬚飄飄而起。他朝村前一口糞缸走去時，隱約顯露出儀式般的隆重。這位對自己心滿意足的地主老爺，腰板挺直地走到糞缸旁，右手撩起衣衫一角，不慌不忙地轉過身來，一腳踩在缸沿上，身體一騰就蹲在糞缸上了，然後解開褲帶露出皺巴巴的屁股和兩條青筋暴突的大腿，開始拉屎了。

其實他的床邊就有一隻便桶，但他更願意像畜生一樣在野外拉屎。太陽落山的情景和晚風吹拂或許有助於他良好的心情。這位年過花甲的地主，依然保持著年輕時的習慣，他不像那些農民坐在糞缸上，而是蹲在上面。只是人一老，糞便也老了。每當傍晚來臨之時，村裏人就將聽到地主老爺哎唷哎唷的叫喚，他畢竟已不能像年輕時那樣暢通無阻了。而且蹲在缸沿上的雙腿也出現了不可抗拒的哆嗦。

地主三歲的孫女，穿著黑底紅花的衣褲，紮著兩根羊角辮子，使她的小腦袋顯得怒氣衝衝。她一搖一晃地走到地主身旁，好奇地看著他兩條哆嗦的腿，隨後問道：

「爺爺，你爲什麼動呀？」

地主微微一笑，說道：「是風吹的。」

那時候，地主眯縫的眼睛看到遠處的小道上出現了一個白色人影，落日的餘暉大片大片地照射過來，使他的眼睛裏出現了許多跳躍的彩色斑點。地主眨了眨眼睛，問孫女：

「那邊走來的是不是你爹？」

孫女朝那邊認眞地看了一會，她的眼睛也被許多光點迷惑，一個細微的人影時隱時現，人影閃閃發亮，彷彿唾沫橫飛。這情形使孫女咯咯而笑，她對爺爺說：

「他跳來跳去的。」

那邊走來的正是地主的兒子，這位身穿白色絲綢衣衫的少爺，離家已有多日。此刻，地主已經能夠確定走來的是誰了，他心想：這孽子又來要錢了。

地主的兒媳端著便桶從遠處的院子裏走了出來，她將桶沿扣在腰間，一步一步挪動著走去。雖說走去的姿態有些臃腫，可她不緊不慢悠悠然的模樣，讓地主欣然而笑。他的孫女已離他而去，此刻站在稻田中間東張西望，她拿不定主意，是去迎接父親呢？還是走到母親那裏。

這時候天上傳來隆隆的聲響，地主抬起眼睛，看到北邊的雲層下面飛來了一架飛機。地主瞇起眼睛看著它越飛越近，依然看不出什麼來。他就問近處一位提著鐮刀同樣張望的農婦：

「是青天白日嗎？」

農婦聽後打了一抖，說道：

「是太陽旗。」

是日本人的飛機。地主心想糟了，隨即看到飛機下了兩顆灰顏色的蛋，地主趕緊將身體往後一坐，整個人跌坐到了糞缸裏。糞水嘩啦濺起和炸彈的爆炸幾乎是同時。在爆炸聲裏，地主的耳中出現了無數蜜蜂的鳴叫，一片揚起的塵土向他紛紛飄落。地主雙眼緊閉，腦袋裏嗡嗡直響。儘管如此，他仍然能夠感受到糞水蕩漾時的微波，臉上有一種癢滋滋的爬動，他睜開眼睛，將右手伸出糞水，看到手上有幾條白色小蟲，就揮了揮手將蟲子摔去，此後才去捏臉上的小蟲，一捏到小蟲似乎就化了。糞缸裏臭氣十足，地主就讓鼻子停止呼吸，把嘴巴張得很大。他覺得這樣不錯，就是腦袋還嗡嗡直響。好像有很多喊叫的人聲，聽上去很遙遠，像是黑夜裏遠處的無數火把，閃來閃去的。地主微微仰起腦袋，天空呈現著黑暗前最後的藍色，很深的藍色。

地主在糞缸裏一直坐到天色昏暗，他腦袋裏的嗡嗡聲逐漸減弱下去。他聽到一個腳步在走過來，他知道是兒子，只有兒子的腳步才會這麼無精打采。那位少爺走到糞缸旁，先是四處望望，然後看到了端坐於糞水之中的父親，少爺歪了歪腦袋，說道：「爹，都等著你吃飯呢。」

地主看看天空，問兒子：

「日本人走啦？」

「早走啦！快出來吧。」少爺轉過身去嘟噥道，「這又不是澡堂。」

地主向兒子伸過去右手，說：「拉我一把。」

少爺遲疑不決地看著父親的手，雖然天色灰暗起來，他還是看到父親滿是糞水的手上爬著不少小白蟲。少爺蹲下身去採了幾張南瓜葉子給地主，說：

「你先擦一擦。」

地主接過新鮮的瓜葉，上面有一層粉狀的白毛，擦在手中毛茸茸略略有些刺手，恍若羊毛在手上經過，瓜葉折斷後滴出的青汁有一股在鼻孔裏拉扯的氣味。地主擦完後再次把手伸向兒子，少爺則是看一看，又去採了幾張南瓜葉子，放在自己掌心，隔著瓜葉握住了父親的手，使了使勁把他拉了出來。

糞水淋淋的地主抖了抖身體，在最初來到的月光裏看著往前走去的兒子，心想：

這孽子。

二

城外安昌門外大財主王子清的公子王香火，此刻正坐在開順酒樓上，酒樓裏空空盪盪，只有一個花甲老頭蜷縮在牆角昏昏欲睡，懷裏抱著一把二胡。王香火的桌前放著三碟小菜，一把酒壺和一隻酒盅。他雙手插在棉衫袖管裏，腦袋上扣一頂瓜皮帽，微閉著眼睛像是在打盹，其實他正看著窗外。

窗外陰雨綿綿，濕漉漉的街道上如同煮開的水一樣一片跳躍，兩旁屋檐上滴下的水珠又圓又亮。他的窗口對著西城門，城牆門洞裏站著五個荷槍的日本兵，對每一個出城的人都搜身檢查。這時有母女二人走了過去，她們撐著黃色的油布雨傘，在迷的雨中很像開放的油菜花，亮閃閃的一片。母親的手緊緊摟住小女孩的肩，然後那片油菜花，春天裏的油菜花突然消失了，她們走入了城牆門洞，站在日本人的面前。一個日本兵友好地撫摸起小女孩的頭髮，另一個在女孩母親身上又摸又捏，動作看上去像是給沸水燙過的雞脫毛似的。雨在風中歪歪斜斜地抖動，使他難以看清那位被陌生之手侵擾的女人的不安。

王香火將眼睛稍稍抬高，這樣的情景他已經看到很多次了。現在，他越過了城牆，看到了遠處一片無際之水。雨似乎小起來，他感到間隙正在擴大，遠處的景色猶如一塊正在擦洗的玻璃，逐漸清晰。他都能夠看到攔魚的竹籬笆從水中一排排露出著，一條小船就從籬笆上壓了過去，在水氣蒸騰的湖面上恍若一張殘葉漂浮著。船上有三個細小的人影，船頭一人似乎手握竹竿在探測湖底，接著他看到中間一人躍入水中，稍頃那人露出水面，雙手先是向船艙做了摔去的動作，爾後才一翻身進入船艙。因爲遠，那人翻身的動作在王香火眼中簡化成了滾動，這位冬天裏的捕魚人從水面滾入了船艙。

城門那裏傳來了喊叫之聲，透過窗戶來到了王香火的耳中，彷彿是某處宅院著火時的慌亂。兩個日本兵架著一個商人模樣的男子，衝到了街道中央，又立刻站定。男子臉對著王香火這邊，他的兩條胳膊被日本兵攥住，第三個日本兵端平了上刺刀的槍，朝著他的背脊哇哇大叫著衝上來。那男子毫無反應，也許他不知道背後的喊叫是死亡的召喚。王香火看到了他的身體像是被推了一把搖晃了兩下，胸前突然生出了一把刺刀，他的眼睛在那一刻睜得滾圓，彷彿眼珠就要飛奔而出。那日本兵抬起一條腿，狠狠地向他踹去，趁他倒下時拔出了刺刀。他噴出的鮮血濺了那日本兵滿滿一臉，使得另兩個日本兵又喊又笑，而那個日本兵則滿不在乎地舉臂高喊了幾聲，洋洋得意地回到城門下。

一雙布鞋的聲音走上樓來，五十開外的老闆娘穿著粗布棉襖，臉上擦胭脂似的擦了一些灶灰。看著她粗壯走來的身體，王香火心想，難道日本人連她都不會放過？

老闆娘說：「王家少爺，趕緊回家吧。」

她在王香火對面斜著身子坐下從袖管裏抽出一條粉色的手帕，舉到眼前，她抽泣道：

「我嚇死啦。」

王香火注意到她是先擦眼睛，此後才有些許眼淚掉落出來。她落魄的容貌是精心打扮的，可她手舉手帕的動作有些過分妖豔。

那個在角落裏打盹的老頭咳嗽起來，接著站起身朝窗旁的兩人看了一會，他似乎想說些什麼，可是那兩人頭都沒回，準備說話的嘴就變成了呵欠。

王香火說：「雨停了。」

老闆娘停止了抽泣，她仔細地抹了抹眼睛，將手帕又放回到袖管裏。她看看窗下的日本兵，說道：

「好端端的生意被糟蹋了。」

王香火走出了開順酒樓，在雨水流淌的街道上慢慢走去。剛才死去的男人還躺在那裏，他的禮帽離他有幾步遠，禮帽裏盛滿了雨水。王香火沒有看到流動的血，或許是被剛才的雨給沖走了。死者背脊上有一團雜亂的淡紅色，有一些棉花翻了出來，又被雨點打扁了。王香火從他身旁繞了過去，走近了城門。

此刻，城牆門洞裏只站著兩個日本兵，扶槍看著他走近。王香火走到他們面前，取下瓜皮帽握在胸前，向其中一個鞠了一躬，接著又向另一個也鞠躬行禮。他看到兩個日本兵高興地笑了起來，一個還向他蹺起了大拇指。他就從他們中間走了過去，免去了搜身一事。

城外那條道路被雨水浸泡了幾日，泥濘不堪，看上去坑坑窪窪。王香火選擇了道旁的青草往前走去，從而使自己的雙腳不被爛泥困擾。青草又鬆又軟，歪歪曲曲地追隨著道路向遠處延伸。天空黑雲翻滾，籠罩著荒涼的土地。王香火雙手插在袖管裏，在初冬的寒風裏低頭而行，他的模樣很像田野裏那幾棵喪失樹葉的榆樹，乾巴巴地置身於一片陰沉之中。

那時候，前面一座尼姑庵前聚集了一隊日本兵，他們截住了十來個過路的行人，讓行人排成一行，站到路旁的水渠裏，冰涼的泥水淹沒到他們的膝蓋，這些哆嗦的人已經難以分辨恐懼與寒冷。庵裏的兩個尼姑也在劫難逃，她們跪在庵前的一塊空地上，兩個興致勃勃的日本兵用爛泥爲她們還俗，將爛泥糊到她們光滑的頭頂上，流得她們一臉都是泥漿，又順著脖子流入衣內胸口。其他觀看的日本兵狂笑著像是畜生們的嗷叫，他們前仰後合的模樣彷彿一堆醉鬼已經神志不清。當王香火走近時，兩個日本兵正努力給尼姑的前額搞出一些劉海來，可是泥水卻總是頃刻之間就流淌而下。其中一個日本兵就去拔了一些青草，在泥的幫助下終於在尼姑的前額沾住了。

這是一隊準備去松篁的日本兵。他們的惡作劇結束以後，一個指揮官模樣的日本人和一個翻譯官模樣的中國人，走到了站立在水渠裏的人面前，日本人挨個地看了一遍，又與中國人說了些什麼。顯然，他們是在挑選一位嚮導，使他們可以準確地走到松篁。

王香火走到他們面前，陰沉的天空也許正盡情吸收他們的狂笑，在王香火眼中更爲突出的是他們手舞足蹈的姿態，那些空洞張開的嘴令他想起家中院內堆放的瓦罐。他取下了瓜皮帽，向日本兵鞠躬行禮。他看到那個指揮官笑嘻嘻地走上幾步，用鞭柄敲敲他的肩膀，轉過身去對翻譯官嘰嘰咕咕說了一遍。王香火聽到了鴨子般的聲音，日本人厚厚的嘴唇上下擺動的情形，加強了王香火的這一想法。

翻譯官走上來說：「你，帶我們去松篁。」

三

這一年冬天來得早，還是十一月份的季節，地主家就用上炭盆了。王子清坐在羊皮鋪就的太師椅裏，兩隻手伸向微燃的炭火，神情悠然。屋外滴滴答答的雨水聲和木炭的爆裂聲融爲一體，火星時時在他眼前飛舞，這情景令他感受著昏暗屋中細微的活躍。

雇工孫喜劈柴的聲響陣陣傳來，寒流來得過於突然，連木炭都尚未準備好。只得讓孫喜在灶間先燒些木炭出來。

地主家三代的三個女人也都圍著炭盆而坐，她們都穿上了厚厚的棉襖棉褲，穿了棉鞋的腳還踩在腳爐上，盛滿的灶灰從爐蓋的小孔散發出熱量。即便如此，她們的身體依然緊縮著，彷彿是坐在呼嘯的寒風之中。

地主的孫女對寒冷有些三心二意，她更關心的是手中的撥浪鼓，她怎麼旋轉都無法使那兩個蠶豆似的鼓槌擊中鼓面。稍一使勁撥浪鼓就脫手掉落了，她坐在椅子上探出腦袋看著地上的撥浪鼓，晃晃兩條腿，覺得自己離地面遠了一些，就伸手去拍拍她的母親，那使勁的樣子像是在拍打蚊蟲。

灶間有一盆水澆到還在燃燒的木柴上，一片很響亮的嗤嗤聲湧了過來，王子清聽了感到精神微微一振，他就挪動了一下屁股，身體有一股舒適之感擴散開去。

孫喜提了一畚箕還在冒煙的木炭走了進來，他破爛的棉襖敞開著，露出胸前結實的皮肉，他滿頭大汗地走到這幾個衣服像盔甲一樣厚的人中間，將畚箕放到炭盆旁，在地主隨手可以用火鉗夾得住的地方。

王子清說道：「孫喜呵，歇一會吧。」

孫喜直起身子，擦擦額上的汗說：

「是，老爺。」

地主太太數著手中的佛珠，微微抬起左腳，右腳將腳鑼往前輕輕一推，對孫喜說：

「有些涼了，替我去換些灶灰來。」

孫喜趕緊哈腰將腳鑼端到胸前，說一聲：

「是，太太。」

地主的兒媳也想換一些灶灰，她的腳移動了一下沒有做聲，覺得自己和婆婆同時換有些不妥。

坐久了身架子有些酸疼，王子清便站了起來，慢慢踱到窗前，聽著屋頂滴滴答答的雨聲，心情有些沉悶。屋外的樹木沒有一片樹葉，雨水在粗糙的樹幹上歪歪曲曲地流淌，王子清順著往下看，看到地上的一叢青草都垂下了，旁邊的泥土微微撮起。王子清聽到了一聲鼓響，然後是他的孫女咯咯而笑，她終於擊中了鼓面。孫女清脆的笑聲使他微微一笑。日本人到城裏的消息昨天就傳來了，王子清心想：那孽子也該回來了。

四

「太君說，」翻譯官告訴王香火，「你帶我們到了松篁，會重重有賞。」

翻譯官回過頭去和指揮官嘰嘰咕咕說了一通。王香火將臉扭了扭，看到那些日本兵都在槍口上插了一支白色的野花，有一挺機槍上插了一束白花。那些白色花朵在如煙般飄拂的黑雲下微微搖晃，曠漠的田野使王香火輕輕吐出了一口氣。

「太君問你，」翻譯官戴白手套的手將王香火的臉拍拍正，「你能保證把我們帶到松篁嗎？」

翻譯官是個北方人，他的嘴張開的時候總是先往右側扭一下。他的鼻子很大，幾乎沒有鼻尖，那地方讓王香火看到了大蒜的形狀。

「你他娘的是啞巴。」

王香火的嘴被重重地打了一下，他的腦袋甩了甩，帽子也歪了。然後他開口道：

「我會說話。」

「你他娘的。」

翻譯官狠狠地給了王香火一耳光，轉回身去怒氣十足地對指揮官說了一通鴨子般的話。王香火戴上瓜皮帽，雙手插入袖管裏，看著他們。指揮官走上幾步，對他吼了一段日本話。然後退下幾步，朝兩個日本兵揮揮手。翻譯官叫嚷道：

「你他娘的把手抽出來。」

王香火沒有理睬他，而是看著走上來的兩個日本兵，思忖著他們會幹什麼。一個日本兵朝他舉起了槍托，他看到那朵白花搖搖欲墜。王香火左側的肩膀遭受了猛烈一擊，雙腿一軟跪到了地上，那朵白花也掉落到泥濘之中，白色的花瓣依舊張開著。可是另一個日本兵的皮鞋踩住了它。

王香火抬起眼睛，看到日本兵手中拿了一根稻秧一樣粗的鐵絲，兩端磨得很尖。另一個日本兵矮壯的個子，似乎有很大的力氣，一下子就把他在袖管裏的兩隻手抽了出來，然後站到了他的身後，把他兩隻手疊到了一起。拿鐵絲的日本兵朝他嘿嘿一笑，就將鐵絲往他的手掌裏刺去。

一股揪心的疼痛使王香火低下了頭，把頭歪在右側肩膀上。疼痛異常明確，鐵絲受到了手骨的阻礙，似乎讓他聽到了嗒嗒這樣的聲響。鐵絲往上斜了斜總算越過了骨頭，從右側手掌穿出，又刺入了左側手掌。王香火聽到自己的牙齒激烈地碰撞起來。

鐵絲穿過兩個手掌之後，日本兵一臉的高興，他把鐵絲拉來拉去拉了一陣，王香火忍不住低聲呻吟起來。他微睜的眼睛看到鐵絲上如同油漆似的塗了一層血，血的顏色逐漸黑下去，最後和下面的爛泥無法分辨了。日本兵停止了拉動，開始將鐵絲在他手上纏繞起來。過了一會，這個日本兵走開了，他聽到了嘩啦嘩啦的聲響，彷彿是日本兵的慶賀。他感到全身顫抖不已，手掌那地方越來越燙，似乎在燃燒。眼前一片昏暗，他就將眼睛閉上。

可能是翻譯官在對他吼叫，有一隻腳在踢他，踢得不太重，他只是搖晃，沒有倒下。他搖搖晃晃，猶如一條捕魚的小船，在那水氣蒸騰的湖面上。

然後，他睜開眼睛，看清了翻譯官的臉，他的頭髮被屬於這張臉的手揪住了。翻譯官對他吼道：

「你他娘的站起來。」

他身體斜了斜，站起來。現在他可以看清一切了，濕漉漉的田野在他們身後出現，日本兵的指揮官正對他叫嚷著什麼，他就看看翻譯官，翻譯官說：

「快走。」

剛才滾燙的手被寒風一吹，升上了一股冰涼的疼痛。王香火低頭看了看，手上有斑斑血跡，纏繞的鐵絲看上去亂成一團。他用嘴咬住袖管往中間拉，直到袖管遮住了手掌。他感覺舒服多了，彷彿什麼也沒有發生，他的雙手依舊插在袖管裏。兩個尼姑還跪在那裏，她們泥漿橫流的臉猶如兩堵斑駁的牆，只有那四隻眼睛是乾淨的，有依稀的光亮在閃耀，她們正看著他，他也憐憫地看著她們。水渠裏站著的那排人還在哆嗦，後面有一個小土坡，坡上的草被雨水沖倒後露出了根鬚。

五

地主家的雇工孫喜，這天中午來到了李橋，他還是穿著那件破爛的棉襖，胸口敞開著，腰間繫一根草繩，滿臉塵土地走來。

他是在昨天離開的地方，聽說押著王香火的日本兵到松篁去了。他抹了抹臉上沾滿塵土的汗水，憨笑著問：

「到松篁怎麼走？」

人家告訴他，

「你就先到李橋吧。」

陰雨幾乎是和日本人同時過去的。孫喜走到李橋的時候，他右腳的草鞋帶子斷了，他就將兩只草鞋都脫下來，插在腰間，光著腳丫劈劈啪啪走進了這個小集鎮。

那時候鎮子中央有一大群人圍在一起哄笑和吆喝，這聲音他很遠就聽到了，中間還夾雜著牲畜的叫喚。陽光使鎮子上的土牆亮閃閃的，地上還是很潮濕，已經不再泥濘了，光腳踩在上面有些軟，要不是碎石子硌腳，還眞像是踩在稻草上面。

孫喜在那裏站了一會，看看那團哄笑的人，又看看幾個站在屋檐下穿花棉襖的女人，尋思著該向誰去打聽少爺的下落。他慢吞吞地走到兩堆人中間，發現那幾個女人都斜眼看著他，他有些洩氣，就往哄笑的男人堆裏走去。

一個精瘦的男人正將一隻公羊往一隻母豬身上放，母豬趴在地上嗷嗷亂叫，公羊哞哞叫著爬上去時顯得勉爲其難。那男人一鬆手，公羊從母豬身上滑落在地，母豬就用頭去拱牠，公羊則用前蹄還擊。那個精瘦的男人罵道：

「才入洞房就幹架了，他娘的。」

另一個人說：

「把豬翻過來，讓牠四腳朝天，像女人一樣侍候公羊。」

眾人都紛紛附和，精瘦男人嘻嘻笑著說：

「行呵，只是弟兄們不能光看不動手呀。」

有四個穿著和孫喜一樣破爛棉襖的男子，動手將母豬翻過來，母豬白茸茸的肚皮得到了陽光的照耀，明晃晃的一片。母豬也許過於嚴重地估計了自己的處境，四條粗壯的腿在一片嗷叫裏胡蹬亂踢。那四個人只得跪在地上，使勁按住母豬的腿，像按住一個女人似的。精瘦的男人抱起了公羊，準備往母豬身上放，這會輪到公羊四蹄亂踢，一副誓死不往那白茸茸肚皮上壓的模樣。那男人吐了一口痰罵起來：

「給你一個胖乎乎的娘們，你他娘的還不想要。他奶奶的。」

又上去四個人像拉縴一樣將公羊四條腿拉開，然後把公羊按到了母豬的肚皮上。兩頭牲畜發出了同樣絕望的喊叫，嗷嗷亂叫和哞哞低吟。人群的笑聲如同狂風般爆發了，經久不息。孫喜這時從後面擠到了前排，看到了兩頭牲畜臉貼臉的滑稽情景。

有一個人說道：

「別是頭母羊。」

那精瘦的男子一聽，立刻讓人將公羊翻過來，一把捏住牠的陽具，瞪著眼睛說：

「你小子看看，這是什麼？這總不是奶子吧。」

孫喜這時開口了，他說：

「找不到地方。」

精瘦男子一下子沒明白，他問：

「你說什麼？」

「我說公羊找不到母豬那地方。」

粗瘦男子一拍腦門，茅塞頓開的樣子，他說：

「你這話說到點子上去了。」

孫喜聽到誇獎微微有些臉紅，興奮使他繼續往下說：

「要是教教牠就好了。」

「怎麼教牠。」

「牲畜那地方的氣味差不多，先把羊鼻子牽到那裏去嗅嗅，先讓牠認誰了。」

精瘦男人高興的一拍手掌，說道：

「你小子看上去憨頭憨腦的，想不到還有一肚皮傳宗接代的學問。你是哪裏人？」
「安昌門外的。」孫喜說，「王子清老爺家的，你們見過我家少爺了嗎？」
「你家少爺？」精瘦男人搖搖頭。
「說是被日本兵帶到松篁去了。」
有一人告訴孫喜：
「你去問那個老太婆吧。日本兵來時我們都跑光了，只有她在。沒準她還會告訴你日本兵怎麼怎麼地把她那地方睡得又紅又腫。」
在一片嘻笑裏，孫喜順著那人手指看到了一位六十左右的老太太，正獨自一人靠著土牆，在不遠處晒太陽。孫喜就慢慢地走過去，他看到老太太雙手插在袖管裏，有一眼沒一眼地看著他。孫喜努力使自己臉上堆滿笑容，可是老太太的神色並不因此出現變化。散亂的頭髮下面是一張皺巴巴木然的臉，孫喜越走到她跟前，心裏越不是滋味。好在老太太冷眼看了他一會兒後，先開口問他了：
「他們是在幹什麼？」
老太太眼睛朝那群人指一指。
「嗯——」孫喜說，「他們讓羊和豬交配。」
老太太嘴巴一歪，似乎是不屑地說：
「一幫子騷貨。」

孫喜趕緊點點頭，然後問她：

「他們說你見過日本兵？」

「日本兵？」老太太聽後憤恨地說，「日本兵比他們更騷。」

六

雨水在灰濛濛的空中飄來飄去，貼著脖子往裏滴入，棉衫越來越重，身體熱得微微發抖，皮膚像是塗了層糜爛的辣椒，彷彿燃燒一樣，身上的關節正在隱隱作痛。雨似乎快要結束了，王香火看到西側的天空出現了慘澹的白色，眉毛可以接住頭髮上掉落的水珠。日本兵的皮鞋在爛泥裏發出一片嘰咕嘰咕類似青蛙的叫聲，他看到白色的泡沫從泥濘裏翻滾出來。

翻譯官說：「喂，前面是什麼地方？」

王香火瞇起眼睛看看前面的集鎮，他看到李橋在陰沉的天空下，像一座墳塋般聳立而起，在翻滾的黑雲下面，緩慢地接近了他。

「喂。」

翻譯官在他腦袋上重重地拍了一下，他晃了晃，然後才說：

「到李橋了。」

接著他聽到了一段日本話，猶如水泡翻騰一樣。日本兵都站住了腳，指揮官從皮包裏拿出了一張地圖，有幾個士兵立刻脫下自己的大衣，用手張開爲地圖抵擋雨水。他們全都濕淋淋的，睜大眼睛望著他們的指揮官，指揮官收起地圖吆喝了一聲，他們立刻整齊地排成了一行，儘管疲乏依然勁頭十足地朝李橋進發。

細雨籠罩的李橋以寂寞的姿態迎候他們，在這潮濕的冬天裏，連一隻麻雀都看不到。道路上留著胡亂的腳印和一條細長的車轍，顯示了一場逃難在不久前曾經曇花一現。

後來，他們來到了一處較大的住宅，王香火認出是城裏開絲綢作坊的馬家的私宅。逃難發生的過於匆忙，客廳裏一盆炭火還在微微燃燒。日本兵指揮官朝四處看看，發出了滿意的叫喚，脫下濕淋淋的大衣後，躺到了太師椅子裏，穿皮鞋的雙腳舒服地擱在炭盆上。這使王香火聞到了一股奇怪的氣味，他看到那雙濕透的皮鞋出現了歪曲而上的蒸氣。指揮官向幾個日本兵嘰嘰咕咕說了些什麼，王香火聽到了鞋後跟的碰撞，那幾個日本兵走了出去。另外的日本兵依然站著，指揮官揮揮手說了句話，他們開始嘻笑著脫去大衣，圍著炭火坐了下來。坐在指揮官身後的翻譯官對王香火說：

「你也坐下吧。」

王香火選擇一個稍遠一些的牆角，席地坐下。他聞到了一股腥臭的氣息，與日本兵嘩啦嘩啦說話的聲音一起盤旋在他身旁。手掌的疼痛由來已久，似乎和手掌同時誕生，王香火已經不是很在意了。他看到兩處的袖口油膩膩的，這情景使他陷入艱難的回憶，他怎麼也無法得到這爲何會油膩的答案。

幾個出去的日本兵押著一位年過六十的老太太走了進來，那指揮官立刻從太師椅裏跳起，走到他們跟前，看了看那位老女人，接著勃然大怒，他嘹亮的嗓音似乎是在訓斥手下的無能。一個日本兵站得筆直，哇哇說了一通。指揮官才稍稍息怒，又看看老太太，然後皺著眉轉過頭來向翻譯官招招手，翻譯官急匆匆地走了上去，對老太太說：

「太君問你，你有沒有女兒或者孫女？」

老太太看了看牆角的王香火，搖了搖頭說：

「我只有兒子。」

「鎮上一個女人都沒啦？」

「誰說沒有。」老太太似乎是不滿地看了翻譯官一眼，「我又不是男的。」

「你他娘的算什麼女人。」

翻譯官罵了一聲，轉向指揮官說了一通。指揮官雙眉緊皺，老太太皺巴巴的臉使他難以看上第二眼。他向兩個日本兵揮揮手，兩個日本兵立刻將老太太架到一張八仙桌上。被按在桌上後老太太哎唷哎唷叫了起來，她只是被弄疼了，她還不知道將要發生什麼。

王香火看著一個日本兵用刺刀挑斷了她的褲帶，另一個將她的褲子剝了下來。露出了青筋暴突並且乾瘦的腿，屁股和肚子出現了鼓出的皮肉。那身體的形狀在王香火眼中像一隻仰躺的昆蟲。

現在，老太太知道自己面臨了什麼，當指揮官伸過去手指摸她的陰部時，她喉嚨裏滾出了一句罵人的話：

「不要臉呵。」

她看到了王香火，就對他訴苦道：

「我都六十三了，連我都要。」

老太太並沒有表現得過於慌亂，當她感到自己早已喪失了抵抗，就放棄了憤怒和牢騷。她看著王香火，繼續說：

「你是安昌門外王家的少爺吧？」

王香火看著她沒有做聲，她又說：

「我看著你有點像。」

日本兵指揮官對老太太的陰部顯得大失所望，他哇哇吼了一通，然後舉起鞭子朝老太太那過於鬆懈的地方抽去。

王香火看到她的身體猛地一抖，哎唷哎唷地喊叫起來。鞭子抽打上去時出現了呼呼的風聲，劈劈啪啪的聲響展示了她劇烈的疼痛。遭受突然打擊的老太太竟然還使勁撐起腦袋，對指揮官喊：

「我都六十三歲啦。」

翻譯官上去就是一巴掌，把她撐起的腦袋打落下去，罵道：

「不識抬舉的老東西，太君在讓你返老還童。」

蒼老的女人在此後只能以嗚嗚的呻吟來表示她多麼不幸。指揮官將她那地方抽打成紅腫一片後才放下鞭子，他用手指試探一下，血腫形成的彈性讓他深感滿意。他解下自己的皮帶，將褲子褪到大腿上，走上兩步。這時他又哇哇大叫起來，一個日本兵趕緊將一面太陽旗蓋住老太太令他掃興的臉。

七

氣喘吁吁的孫喜跑來告知王香火的近況之後，一種實實在在的不祥之兆如同陽光一樣，照耀到了王子清油光閃亮的腦門上。地主站在台階上，將一吊銅錢扔給了孫喜，對他說：

「你再去看看。」

孫喜撿起銅錢，向他哈哈腰說，

「是，老爺。」

看著孫喜又奔跑而去後，王子清低聲罵了一句兒子：

「這孽子。」

地主的孽子作爲一隊日本兵的嚮導，將他們帶到一個名叫竹林的地方後，改變了前往松篁的方向。王香火帶著日本兵走向了孤山。孫喜帶回的消息讓王子清得知：當日本兵過去後，當地人開始拆橋了。孫喜告訴地主：

「是少爺吩咐幹的。」

王子清聽後全身一顫，他眼前晴朗的天空出現了花朵凋謝似的灰暗。他呆若木雞地站立片刻，心想：這孽子要找死了。

孫喜離去後，地主依舊站立在石階上，眺望遠處起伏的山崗，也許是過於遙遠，山崗看上去猶如浮雲般虛無縹緲。連綿陰雨結束之後，冬天的晴朗依然散發著潮濕。

然後，地主走入屋中。他的太太和兒媳坐在那裏以哭聲迎候他，他在太師椅裏坐下，看著兩個抽泣的女人，她們都低著頭，捏著手帕的一角擦眼淚，手帕的大部分都垂落到了胸前，她們淚流滿腮，卻拿著個小角去擦。這情形使地主微微搖頭。她們嗚嗚的哭聲長短不一，彷彿已在替他兒子守靈了。太太說：

「老爺，你可要想個辦法呀。」

他的兒媳立刻以響亮的哭聲表達對婆婆的聲援。地主皺了皺眉，沒有做聲。太太繼續說：

「他幹嗎要帶他們去孤山呢？還要讓人拆橋。讓日本人知道了他怎麼活呀。」

這位年老的女人顯然缺乏對兒子真實處境的瞭解，她巨大的不安帶有明顯的盲目。她的兒媳對公公的鎮靜難以再視而不見了，她重複了婆婆的話：

「爹，你可要想個辦法呀。」

地主聽後嘆息了一聲，說道：

「不是我們救不救他，也不是日本人殺不殺他，是他自己不想活啦。」

地主停頓一下後又罵了一句：

「這孽子。」

兩個女人立刻嚎啕大哭起來，淒厲的哭聲使地主感到五臟六腑都受到了震動，他閉上眼睛，心想就讓她們哭吧。這種時候和女人呆在一起真是一件要命的事。地主努力使自己忘掉她們的哭聲。

過了一會，地主感到有一隻手慢慢摸到了他臉上，一隻沾滿爛泥的手。他睜開眼睛看到孫女正滿身泥巴地望著他。顯然兩個女人的哭泣使她不知所措，只有爺爺安然的神態吸引了她。地主睜開眼睛後，孫女咯咯笑起來，她說：

「我當你是死了呢。」孫女愉快的神色令地主微微一笑，孫女看看兩個哭泣的女人，問地主：「她們在幹什麼呀？」

地主說：「她們在哭。」

一輛四人抬的轎子進了王家大院，地主的老友，城裏開絲綢作坊的馬老爺從轎中走出來，對站在門口的王子清作揖，說道：

「聽說你家少爺的事，我就趕來了。」

地主笑臉相迎，連聲說：

「請進，請進。」

聽到有客人來到，兩個女人立刻停止了嗚咽，抬起通紅的眼睛向進來的馬家老爺露出一笑。客人落座後，關切地問地主：

「少爺怎麼樣了？」

「嗨——」地主搖搖頭，說道，「日本人要他帶著去松篁，他卻把他們往孤山引，還吩咐別人拆橋。」

馬老爺大吃一驚，脫口道：

「糊塗、糊塗，難道他不想活了？」

他的話使兩個女人立刻又痛哭不已，王家太太哭著問：

「這可怎麼辦呀？」

馬家老爺一臉窘相，他措手不及地看著地主。地主擺擺手，對他說：

「沒什麼，沒什麼。」

隨後地主嘆息一聲，說道：

「你若想一日不得安寧，你就請客；若想一年不得安寧，那就蓋屋；若要是一輩子不想安寧……」地主指指兩個悲痛欲絕的女人，繼續說，「那就娶妻生子。」

八

竹林這地方有一大半被水圍住，陸路中斷後，靠東南兩側木板鋪成的兩座長橋向松篁和孤山延伸。天空晴朗後，王香火帶著日本兵來到了竹林。

王香火一路上與一股腥臭結伴而行，陽光的照耀使袖口顯得越加油膩，身上被雨水浸濕的棉衫出現了發霉的氣息。他感到雙腿彷彿灌滿棉花似的鬆軟，跨出去的每一步都遲疑不決。現在，他終於看到那一片寬廣之水了。深藍蕩漾的水波在陽光普照下，變成了一片閃光的黑暗。他深深地吸了一口氣，冬天的水面猶如寺廟一塵不染的地面，乾淨而且透亮，露出水面的竹籬笆恍若一排排的水鳥，在那裏凝望著波動的湖水。

地主的兒子將手臂稍稍抬起，用牙齒咬住油膩的袖口往兩側拉了拉。他看到了自己淒楚的手掌。纏繞的鐵絲似乎粗了很多，上面爬滿了白色的膿水。腫脹的手掌猶如豬蹄在醬油裏浸泡過久時的模樣，這哪還像是手。王香火輕輕呻吟一聲，抬起頭盡量遠離這股濃烈的腥臭。他看到自己已經走進竹林了。

翻譯官在後面喊：「你他娘的給我站住。」

王香火回過身去，才發現那隊日本兵已經散開了，除了幾個端著槍警戒的，別的都脫下了大衣，開始擰水。指揮官在翻譯官的陪同下，向站在一堵土牆旁的幾個男子走去。

或許是來不及逃走，竹林這地方讓王香火感到依然人口稠密。他看到幾個孩子的腦袋在一堵牆後挨個地探出了一下，有一個老人在不遠處猶猶豫豫的出現了。他繼續去看指揮官走向那幾個人，那幾個男子全都向日本兵低頭哈腰，日本兵的指揮官就用鞭柄去敲打他們的肩膀，表示友好，然後通過翻譯官說起話來。

剛才那個猶豫不決的老人慢慢走近了王香火，膽怯地喊了一聲：

「少爺。」

王香火仔細看了看，認出了是他家從前的雇工張七，前年才將他辭退。王香火便笑了笑，問他：

「你身子骨還好吧。」

「好，好。」老人說，「就是牙齒全沒了。」

王香火又問：「你現在替誰家幹活？」

老人羞怯地一笑，有些難爲情地說：

「沒有啊，誰還會雇我？」

王香火聽後又笑了笑。

老人看到王香火被鐵絲綁住的手，眼睛便混濁起來，顫聲問道：

「少爺，你是遭了哪輩子的災啊？」

王香火看看不遠處的日本兵，對張七說：

「他們要我帶路去松篁。」
老人伸手擦了擦眼睛，王香火又說：
「張七，我好些日子沒拉屎了，你替我解去褲帶吧。」
老人立刻走上兩步，將王香火的棉衫撩起來，又解了褲帶，把他的褲子脫到大腿下面，然後說聲：
「好了。」王香火便擦著土牆蹲了下去，老人欣喜地對他說：
「少爺，從前我一直這麼侍候你，沒想到我還能再侍候你一次。」
說著，老人嗚嗚地哭了起來。王香火雙眼緊閉，哼哼哈哈喊了一陣，才睜開眼睛對老人說：
「好啦。」
接著他翹起了屁股，老人立刻從地上撿了塊碎瓦片，將滯留在屁眼上的屎仔細刮去。又替他穿好了褲子。
王香火直起腰，看到有兩個女人被拖到了日本兵指揮官面前，有好幾個日本兵圍了上去。王香火對老人說：
「我不帶他們去松篁，我把他們引到孤山去。張七，你去告訴沿途的人，等我過去後，就把橋拆掉。」
老人點點頭，說：

「知道了，少爺。」

翻譯官在那裏大聲叫罵他，王香火看了看張七，就走了過去。張七在後面說：

「少爺，回家後可要替張七向老爺請安。」

王香火聽後苦笑一下，心想我是見不著爹了。他回頭向張七點點頭，又說：

「別忘了拆橋的事。」

張七向他彎彎腰，回答道：

「記住了，少爺。」

九

日本兵過去後一天，孫喜來到了竹林。這一天陽光明媚，風力也明顯減小了，一些人聚在一家雜貨小店前，或站或坐地晒著太陽聊天。小店老闆是個四十來歲的男子，站在櫃檯內。街道對面躺著一個死去的男人，衣衫襤褸，看上去上了年紀了。小店老闆說：

「日本人來之前他就死了。」

另一個人同意他的說法，應聲道：

「是啊，我親眼看到一個日本兵走過去踢踢他，他動都沒動。」

孫喜走到了他們中間，挨個地看了看，也在牆旁蹲了下去。小店老闆向那廣闊的湖水指了指說道：

「幹這一行的，年輕時都很闊氣。」

他又指了指對面死去的老人，繼續說：

「他年輕時每天都到這裏來買酒，那時我爹還活著，他從口袋裏隨便一摸，就抓出一大把銅錢，『啪』地拍在櫃檯上，那氣派——」

孫喜看到湖面上有一葉小船，船上有三個人，船後一人搖船，船前一人用一根長長的竹竿探測湖底。冬天一到，魚都躲到湖底深潭裏去了。那握竹竿的顯然探測到了一個深潭，便指示船後一人停穩了。中間那赤膊的男子就站起來，仰臉喝了幾口白酒後，縱身躍入水中。有一人說道：

「眼下這季節，魚價都快趕上人參了。」

「兄弟，」老闆看看他說，「這可是損命的錢，不好掙。」

又有人附和：「年輕有力氣還行，年紀一大就不行啦。」

在一旁給小店老闆娘剪頭髮的剃頭師傅這時也開口了，他說：

「年輕也不一定行，常有潛水到了深潭裏就出不來的事。潭越深，裏面的蚌也越大。常常是還沒摸著魚，手先伸進了張開的蚌殼，蚌殼一合攏夾住手，人就出不來了。」

小店老闆頻頻點頭。眾人都往湖面上看，看看那個冬天裏的捕魚人是否也會被蚌夾住。那條小船在水上微微搖晃，船頭那人握著竹竿似乎在朝這裏張望，竹竿的大部分都浸在水中。另一人不停地擺動雙槳，將船固定在原處。那捕魚人終於躍出了水面，他將手中的魚摔進了船艙，白色的魚肚在陽光裏閃耀了幾下，然後他撐著船舷爬了上去。

眾人逐個地回過頭來，繼續看著對面死去的捕魚人。老人躺在一堵牆下面，臉朝上，身體歪曲著，一條右腿撐得很開，看上去褲襠那地方很開闊。死者身上只有一套單衣，千瘡百孔的樣子。

「肯定是凍死的。」有人說。

剃頭的男人給小店老闆娘洗過頭以後，將一盆水潑了出去。他說：

「幹什麼都要有手藝，種莊稼要手藝，剃頭要手藝，手藝就是飯碗。有手藝，人老了也有飯碗。」

他從胸前口袋裏取出一把梳子，麻利地給那位女顧客梳頭，另一隻手在頭髮末梢不停地擠捏著，將水珠摔到一旁。兩隻手配合得恰到好處。其間還用梳子迅速地指指死者。

「他吃的虧就是沒有手藝。」

小店老闆微微不悅，他抬了抬下巴，慢條斯理地說：

「這也不一定，沒手藝的人更能掙錢，開工廠，當老闆，做大官，都能掙錢。」

剃頭的男人將木梳放回胸前的口袋，換出了一把掏耳朵的銀制小長勺。他說：

「當老闆，也要有手藝，譬如先生你，什麼時候進什麼貨，進多少，就是手藝，行情也是手藝。」

小店老闆露出了笑容，他點點頭說：

「這倒也是。」

孫喜定睛看著坐在椅子裏的老闆娘，她懶洋洋極其舒服地坐著，閉著雙眼，陽光在她身上閃亮，她的胸脯高高突起。剃頭男子正給她掏耳屎，他的另一隻手不失時機地在她臉上完成了一些小動作。她彷彿睡著似的沒有反應。一個人說：

「她也是沒手藝的吧。」

孫喜看著斜對面屋裏出來了一個濃妝豔抹的女人，扭著略胖的身體倚靠在一棵沒有樹葉的樹上，看著這裏。眾人嘻嘻笑起來，有人說：

「誰說沒有，她的手藝藏在褲子裏。」

剃頭男子回頭看了一眼，嘿嘿笑了起來，說道：

「那是侍候男人的手藝，也不容易呵。那手藝全在躺下這上面，不能躺得太平，要躺得曲，躺得歪。」

湖面上那小船靠到了岸邊，那位冬天裏的捕魚人縱身跳到岸上，敞著胸膛蹬蹬地走了過來，下身只穿一條濕漉漉的短褲衩，兩條黑黝黝的腿上的肌肉一抖一抖的。他的臉和胸膛是古銅色的，徑直走到小店裏，手伸進衣袋抓出一把銅錢拍在櫃檯上，對老闆說：

「要一瓶白酒。」

老闆給他拿了一瓶白酒，然後在一堆銅錢裏拿了四個，他又一把將銅錢抓回到口袋裏，噔噔地走向湖邊的小船。他一步就跨進了船裏，小船出現了劇烈的搖晃，他兩條腿踩了踩，船逐漸平穩下來。那根竹竿將船撐離了岸邊，慢慢離去，那人依舊站著仰脖喝了幾口酒。

小船遠去後，眾人都回過頭來，繼續議論那個死去了的捕魚人。小店老闆說：

「他年輕時在這一行裏，是數一數二的。年紀一大就全完了，死了連個替他收屍的人都沒有。」

有人說：「就是那身衣服也沒人要。」

剃頭的男子仍在給小店老闆娘掏耳屎，孫喜看到他的手不時地在女人突起的胸前捏一把，佯睡的女人露出了微微笑意。這情景讓孫喜看得血往上湧，對面那個妖豔的女人靠著樹幹的模樣叫孫喜難以再坐著不動了。他的手在口袋裏把老爺的賞錢摸來摸去。然後就站起來走到那女人面前。那個女人歪著身體打量著孫喜，對他說：

「你幹什麼呀？」

孫喜嘻嘻一笑，說道，

「這西北風呼呼的，吹得我直哆嗦。大姊行行好，替我暖暖身子吧。」

女人斜了他一眼，問：

「你有錢嗎？」

孫喜提著口袋邊搖了搖，銅錢碰撞的聲音使他頗為得意，他說：

「聽到了嗎？」

女人不屑地說：

「盡是些銅貨。」她拍拍自己的大腿，「要想叫我侍候你，拿一塊銀元來。」

「一塊銀元？」孫喜叫道，「我都可以娶個女人睡一輩子了。」

女人伸手往牆上指一指，說道：

「你看看這是什麼？」孫喜看後說：「是洞嘛。」

「那是子彈打的。」女人神氣十足地吊了吊眉毛，「我他娘的冒死侍候你們這些男人，你們還盡想拿些銅貨來搪塞我。」

孫喜將口袋翻出來，把所有銅錢捧在掌心，對她說：

「我只有這些錢。」

女人伸出食指隔得很遠點了點，說：

「才只有一半的錢。」

孫喜開導她說：「大姊，你閒著也是閒著，還不如把這錢掙了。」

「放屁。」女人說，「我寧願它爛掉，也不能少一個子兒。」

孫喜頓頓足說道：

「行啦，我也不想撿你的便宜，我就進來半截吧。一半的錢進來半截，也算公道吧。」

女人想一想，也行。就轉身走入屋內，脫掉褲子在床上躺下，叉開兩條腿後看到孫喜在東張西望，就喊道：

「你他娘的快點。」

孫喜趕緊脫了褲子爬上去，生怕她又改變主意了。孫喜一進去，女人就拍著他的肩膀喊起來：

「喂、喂，你不是說進來半截嗎？」

孫喜嘿嘿一笑，說道：

「我說的是後半截。」

十

持續晴朗的天氣讓王子清感到應該出去走走了，自從兒子被日本兵帶走之後家中兩個擔驚受怕的女人整日哭哭啼啼，使他難以得到安寧。那天送城裏馬家老爺出門後，地主搖搖頭說：

「我能不愁嗎？」他指指屋中哭泣的女人，「可她們是讓我愁上加愁。」

地主先前常去的地方，是城裏的興隆茶店。那茶店樓上有絲繡的屏風，紅木的桌椅，窗台上一塵不染。可以眺望遠處深藍的湖水。這是有身分的人去的茶店，地主能在那兒找到趣味相投的人。眼下日本兵占領了城裏，地主想了想，覺得還是換個地方爲好。

王子清在冬天溫和的陽光裏，戴著呢料的禮帽，身穿絲綿的長衫，拄著楞杖向安昌門走去。一路上他不停地用枴杖敲打鬆軟的路面，路旁被踩倒的青草，天晴之後沾滿泥巴重新挺立起來。很久沒有出門的王子清，呼吸著冬天裏冰涼的空氣，看著雖然荒涼卻仍然廣闊的田野，那皺紋交錯的臉逐漸舒展開來。

前些日子安昌門駐紮過日本兵，這兩天又撤走了。那裏也有一家不錯的茶店，是王子清能夠找到的最近一家茶店。

王子清走進茶店，一眼就看到了他在興隆茶店的幾個老友，這都是城裏最有錢的人。此刻，他們圍坐在屋角的一張茶桌上，鄰桌的什麼人都有，也沒有屏風給他們遮擋，他們依然眉開眼笑地端坐於一片嘈雜之中。

馬家老爺最先看到王子清，連聲說：

「齊了，齊了。」

王子清向各位作揖，也說：

「齊了，齊了。」

城裏興隆茶店的茶友意外地在安昌門的茶店裏湊齊了。馬老爺說：

「原本是想打發人來請你，只是你家少爺的事，就不好打擾了。」

王子清立刻說：「多謝，多謝。」

有一人將身子探到桌子中央，問王子清：

「少爺怎麼樣了？」

王子清擺擺手，說道：

「別提了，別提了。那孽子是自食苦果。」

王子清坐下後，一夥計左手捏著紫砂壺和茶盅，右手提著銅水壺走過來，將紫砂壺一擱，掀開蓋，銅水壺高過王子清頭頂，沸水澆入紫砂壺中，熱氣向四周蒸騰開去。其間夥計將澆下的水中斷了三次，以示對顧客有禮，竟然沒有一滴灑出紫砂壺外。王子清十分滿意，他連聲說：

「利索，利索。」

馬老爺接過去說：

「茶店稍稍寒酸了些，夥計還是身手不凡。」

坐在王子清右側的是城裏學校的校長，戴著金絲眼鏡的校長說：

「興隆茶店身手最快最穩的要數戚老三，聽說他挨了日本人一槍，半個腦袋飛走了。」

另一人糾正道：「沒打在腦袋上，說是把心窩打穿了。」

「一樣，一樣。」馬老爺說，「打什麼地方都還能喘口氣，打在腦袋和心窩上，別說是喘氣了，眨眼都來不及。」

王子清兩根手指執起茶盅喝了一口說：

「死得好，這樣死最好。」

校長點頭表示同意，他抹了抹嘴說：

「城南的張先生被日本人打斷了兩條腿……」

有人問：「哪個張先生？」

「就是測字算命的那位。打斷了腿，沒法走路，他知道自己要死了，血從腿上往外流，哭得那個傷心啊。知道自己要死了是最倒楣的。」

馬老爺笑了笑，說道：「是這樣。我家一個雇工還走過去問他：你怎麼知道你要死了？他嗚嗚地說：我是算命的呀。」

有一人認眞地點點頭，說：「他是算命的，他說自己要死了，肯定會死。」

校長繼續往下說：

「他死的時候嚇得直哆嗦，哭倒是不哭了，人縮得很小，睜圓眼睛看著別人，他身上臭烘烘的，屎都拉到褲子上了。」

王子清搖搖頭，說：

「死得慘，這樣死最慘。」

一個走江湖的男子走到他們跟前，向他們彎彎腰，從口袋裏拿出一疊合攏的紅紙，對他們說：

「諸位都是人上人，我這裏全是祖傳祕方，想發財，想戒酒，想幹什麼只要一看這祕方就能辦到。兩個銅錢就可換一份祕方。諸位，兩個銅錢，你們拿著嫌礙手，放著嫌礙眼，不如丟給我換一份祕方。」

馬老爺問：「有些什麼祕方？」

走江湖的男子低頭翻弄那些祕方，嘴裏說道：

「諸位都是有錢人，對發財怕是沒興趣。這有戒酒的，有壯陽的……」

「慢著。」馬老爺丟過去兩個銅板說，「我就要發財的祕方。」

走江湖的便給了他一份發財祕方，馬老爺展開一看，露出神祕一笑後就將紅紙收起，惹得旁人面面相對，不知他看到了什麼。

走江湖的繼續說：

「花無百日紅，人無百年好。人生一世難免有傷心煩惱之事。傷心煩惱會讓人日日消瘦，食無味睡不著，到頭來恐怕性命難保。不要緊，我這裏就有專治傷心煩惱的祕方，諸位爲何不給自己留著一份？」

王子清把兩個銅錢放在茶桌上，說：

「給我一份。」

接過祕方，王子清展開一看，上面只寫著兩個字——別想。王子清不禁微微一笑，繼而又嘆息一聲。

這時，馬家老爺取出了發財的祕方，向旁人展示，王子清同樣也只看到兩個字——勤勞。

十一

青草一直爬進了水裏，從岸邊出發時顯得雜亂無章，可是一進入水中它就舒展開來，每一根都張開著，在這冬天碧清的湖水裏搖晃，猶如微風吹拂中的情景。冬天的湖水裏清澈透明，就像睡眠一樣安靜，沒有蝌蚪與青蛙的喧譁。水只是蕩漾著，波浪布滿了湖面，恍若一排排魚鱗在陽光下發出跳躍的閃光。於是，王香火看到了光芒在波動，陽光在湖面上轉化成了浪的形狀，它的掀動彷彿是呼吸正在進行。看不到一隻船影，湖面乾淨得像是沒有雲彩的天空，那些竹籬笆在水面上無所事事，它們鑽出水面只是爲了眺望遠處的景色，看上去它們都伸長了脖子。

已經走過了最後的一座橋，那些木橋即將潰爛，過久的風吹雨淋使它們被踩著時發出某種水泡冒出的聲響，這是衰落的聲響，它們喪失了清脆的響聲，將它們扔入水中，它們的命運會和石子一樣沉沒，即便能夠浮起來，也只是曇花一現。

王香火疑惑地望著支撐它們的橋樁，這些在水裏浸泡多年的木樁又能支援多久？這座漫長的木橋通向對岸，顯示了雞蛋般的弧形，那是爲了抵擋緩和浪的衝擊。

對岸在遠處展開，逆光使王香火看不清那張開的堤岸，但他看到了房屋，房屋彷彿漂浮在水面上，它們在強烈的照耀中反而顯得黯淡無光。似乎有些人影在那裏隱約出現，猶如螞蟻般彙聚到一起。

日本兵一個一個從地上站起來，拍打身上的塵土，指揮官吆喝了一聲，這些日本兵慌亂排成了兩隊，將槍端在了手上。翻譯官問王香火：

「到松篁還有多遠？」

到不了松篁了，王香火心想。現在，他已經實實在在地站在孤山的泥土上，這四面環水的孤山將是結束的開始，唯有這座長長的木橋，可以改變一切。但是不久之後，這座木橋也將消失。他說：

「快到了。」

翻譯官和日本兵指揮官說了一陣，然後對王香火說：

「太君說很好，你帶我們到松篁後重重有賞。」

王香火微低著頭，從兩隊日本兵身旁走過去，那些因爲年輕而顯得精神抖擻的臉沾滿了塵土，連日的奔波並沒有使他們無精打采，他們無知的神態使王香火內心湧上一股憐憫。他走到了前面，走上了一條可以離開水的小路。

這裏的路也許因爲人跡稀少，顯得十分平坦，完全沒有雨後衆多腳印留下的坎坷。他聽到身後那種訓練有素的腳步聲，就像衆多螃蟹爬上岸來一樣「沙沙」作響，塵土揚起來了，黃色的塵土向兩旁飄揚而起。那些冬天裏枯萎了的樹木，露出彷彿布滿傷疤的枝椏，向他們伸出，似乎是求救，同時又是指責。

路的彎曲毫無道理，它並沒有遭受阻礙，可它偏偏要從幾棵樹後繞過去。茂密的草都快摸到膝蓋了，它們雜亂地糾纏到一起，互相在對方身上成長，冬天的蕭條使它們微微泛黃，喪失了光澤的雜草看上去更讓人感到是胡亂一片。

王香火此刻的走去已經沒有目標，只要路還在延伸，他就繼續往前走，四周是那樣的寂靜，聽不到任何來到的聲音，只有日本兵整齊的腳步和他們偶爾的低語。他抬頭看了看天空，天空進入了下午，雲層變得稀薄，陽光使周圍的藍色淡到了難以分辨，連一隻鳥都看不到，什麼都沒有。

後來，他們站住了腳，路在一間茅屋前突然終止。低矮的茅屋像是趴在地上，屋檐處垂落的茅草都接近了泥土。兩個端著槍的日本兵走上去，抬腳踹開了屋門。王香火看到了另一扇門，在裏面的牆壁上。這一次日本兵是用手拉開了門，於是剛才中斷的路在那一扇門外又開始了。

翻譯官說：「這他娘的是什麼地方？」

王香火沒有答理，他穿過茅屋走上了那條路。日本兵習慣地跟上了他，翻譯官左右看看，滿腹狐疑地說：

「怎麼越走越不對勁。」

過了一會，他們又走到了湖邊，王香火站立片刻，確定該往右側走去，這樣就可以重新走回到那座木橋邊。

王香火又見到岸邊的青草爬入湖水後的情景，湖面出現了一片陰沉，彷彿黑夜來臨之時，而遠處的湖水依然呈現陽光下的燦爛景色。是雲層托住了陽光，雲層的邊緣猶如樹葉一般，出現了耀目的閃光。

他聽到身後一個日本兵吹起了口哨，起先是隨隨便便吹了幾聲，爾後一支略爲激昂的小調突然來到，向著陰沉的湖面擴散。王香火不禁回頭張望了一下，看了看那個吹口哨的日本兵，那張滿是塵土的臉表情凝重。年輕的日本兵邊走邊看著湖水，他並不知道自己吹出了家鄉的小調。逐漸有別的日本兵應聲哼唱起來，顯然他們也不知道自己的哼唱。這支行走了多日的隊伍，第一次讓王香火沒有聽到那「沙沙」的腳步聲，匯合而成的低沉激昂的歌聲，恍若手掌一樣從後面推著王香火。

現在，王香火遠遠看到了那座被拆毀的木橋，它置身於一片陰沉之中，斷斷續續，像是橫在溪流中的一排亂石。有十多條小船在湖面上漂浮，王香火聽到了櫓聲，極其細微地飄入他耳中，就像一根絲線穿過針眼。

身後的日本兵哇哇叫喊起來，他們開始向小船射擊，小船搖搖晃晃爬向岸邊，如同雜草一樣亂成一片。槍擊葬送了船櫓的聲音，看著寬闊湖面上斷裂的木橋，王香火淒涼地笑了笑。

十二

孫喜來到孤山對岸的時候，那片遮住陽光的雲彩剛好移過來，明亮的湖面頓時陰暗下來，對岸的孤山看上去像只腳盆浮在水上。

當地的人開始在拆橋了，十多條小船橫在那些木樁前，他們舉著斧子往橋墩和橋梁上砍去，那些年長日久的木頭在他們砍去時，折斷的聲音都是沉悶的。孫喜看到一個用力過猛的人，脆弱的橋梁斷掉後，人撲空似的掉落水中，濺起的水珠猶如爆炸一般四處飛射。那人從水裏掙扎而出，大喊：

「凍死我啦。」

近處的一條船搖了過去，把他拉上來，他裹緊濕淋淋的棉襖彷彿哭泣似的抖動不已。另一條船上的人向他喊：

「脫掉，趕緊脫掉。」

他則東張西望了一陣，一副擔驚受怕的模樣。他身旁一人把他抱住的雙手拉開，將他的棉襖脫了下來，用白酒灑到他身上。他就直挺挺地站立在搖晃的小船上，溫順地讓別人擺布他。他們用白酒擦他的身體。

這情景讓孫喜覺得十分有趣，他看著這群亂糟糟的人，在湖上像砍柴一樣砍著木橋。有兩條船都快接近對岸了，他們在那邊舉斧砍橋。這裏的人向他們拚命喊叫，讓他們馬上回來。那邊船上的人則朝這裏招手，要讓他們也過去，喊道：

「你們過來。」

孫喜聽到離他最近一條船上的人在說：

「要是他們把船丟給日本人，我們全得去見祖宗。」

有一個人喊起來了，嗓門又尖又細，像個女人，他喊：

「日本人來啦。」

那兩條船上的人慌亂起來，掉轉船頭時撞到了一起，爾後拚命地划了過來，船在水裏劇烈地搖晃，似乎隨時都會翻轉過去。待他們來到跟前，這裏的人哈哈大笑。他們回頭張望了片刻，才知道上當，便罵道：

「他娘的，把我們當女人騙了。」

孫喜笑了笑，朝他們喊：

「喂，我家少爺過去了嗎？」

沒有人答理他。橋已經斷裂了，殘木在水中漂開去，時沉時浮，彷彿是被洪水衝垮的。孫喜又喊了一聲，這時有一人向他轉過臉來問他：

「喂，你是在問誰？」

「問你也行。」孫喜說，「我家少爺過去了嗎？」

「你家少爺是誰？」

「安昌門外的王家少爺。」

「噢——」那人揮揮手，「過去啦。」

孫喜心想我可以回去稟報了，就轉身朝右邊的大路走去。那人喊住他：

「喂，你往哪裏走？」

「我回家呀。」孫喜回答，「去洪家橋，再去竹林。」

「拆掉啦。」那人笑了起來，「那邊的橋拆掉啦。」

「拆掉了？」

「不就是你家少爺讓我們拆的嗎？」

孫喜怒氣衝衝喊起來：

「那我他娘的怎麼辦？」

另一個笑著說：

「問你家少爺去吧。」

還是原先那人對他說：

「你去百元看看，興許那邊的橋還沒拆。」

孫喜趕緊走上左側的路，向百元跑去。這天下午，當地主家的雇工跑到百元時，那裏的橋剛剛拆掉，幾條小船正向西劃去。孫喜急得拚命朝他們喊：

「喂，我怎麼過去？」

那幾條小船已經划遠了，孫喜喊了幾聲沒人答理，就在岸邊奔跑起來，追趕那幾條船。因為順水船划得很快，孫喜破口大罵：

「烏龜王八蛋，慢點；狗娘養的，慢點；老子跑不動啦。」

後來，孫喜追上了他們，在岸邊喘著粗氣向他們喊：

「大哥，幾位大哥，行行好吧，給兄弟擺個渡。」

船上的人問他：

「你要去哪裏？」「我回家，回安昌門。」

「你走冤路啦，你該去洪家橋才對。」

孫喜費勁地吞了一口口水，說：

「那邊的橋拆掉了，大哥，行行好吧。」

船上的人對他說：「你還是往前跑吧，前面不遠有一座橋，我們正要去拆。」

孫喜一聽前面有一座橋，立刻又撒腿跑開了，心想這次一定要搶在這些王八羔子前面。跑了沒多久，果然看到前面有一座橋，再看看那幾條船，已被他甩在了後面。他就放慢腳步，向橋走了過去。

他走到橋中間時，站了一會，看著那幾條船划近。然後才慢吞吞地走到對岸，這下他徹底放心了，便在草坡上坐下來休息。

那幾條船划到橋下，幾個人站起來用斧子砍橋樁。一個使櫓的人看了一眼孫喜，叫道：

「你怎麼還不走？」

孫喜心想現在我愛幹什麼就幹什麼，他正要這麼說，那人告訴他：

「你快跑吧，這裏去松篁的橋也快要拆掉了，還有松篁去竹林的橋，你還不跑？」

還要拆橋？孫喜嚇得趕緊跳起來，撒開腿像一條瘋狗似的跑遠了。

十三

地主站在屋前的台階上，手裏捏著一串銅錢，他感到孫喜應該來了。

此刻，傍晚正在來臨，落日的光芒彤紅一片，使冬天出現了暖意。王子清讓目光越過院牆，望著一條微微歪曲的小路，路的盡頭有一片晚霞在慢慢浮動，一個人影正從那裏跑來，孫喜賣力的跑動，使地主滿意地點點頭。

他知道屋中兩個悲傷的女人此刻正望著他，她們急切地盼著孫喜來到，好知道那孽子是活是死。她們總算知道哭泣是一件勞累的事了，她們的眼淚只是爲自己而流。現在她們不再整日痛哭流涕，算是給了他些許安寧。

孫喜大汗淋漓地跑了進來，他原本是準備先向水缸跑去，可看到地主站在面前，不禁遲疑了一下，只得先向地主稟報了。他剛要開口，地主擺了擺手，說道：

「去喝幾口水吧。」
孫喜趕緊到水缸前，咕嚕咕嚕灌了兩瓢水，隨後抹抹嘴喘著氣說：
「老爺，沒橋了。少爺把他們帶到了孤山，橋都拆掉了，從竹林出去的橋都拆掉了。」
他向地主咧咧嘴，繼續說：
「我差點就回不來了。」
地主微微抬起了頭，臉上毫無表情，他重又看起了那條小路。身後爆發了女人喊叫般的哭聲，嘩啦嘩啦猶如無數盆水那樣從門裏倒出來。
孫喜不知所措地站在那裏，眼睛盯著地主手裏的銅錢，心想怎麼還不把賞錢扔過來，他就提醒地主：
「老爺，我再去打聽打聽吧。」
地主搖搖頭，說：「不用了。」
說著，地主將銅錢放回口袋，他對大失所望的雇工說：
「孫喜，你也該回家了，你就扛一袋米回去吧。」
孫喜立刻從地主身旁走入屋內，兩個女人此刻同時出來，對地主叫道：
「你再讓孫喜去打聽打聽吧。」
地主擺擺手，對她們說：
「不必了。」

孫喜扛了一袋米出來，將米綁在扁擔的一端，往肩上試了試，又放下。他說：

「老爺，一頭重啦。」

地主微微一笑，說：

「你再去拿一袋吧。」

孫喜哈哈腰說道：

「謝了，老爺。」

十四

「你們到不了松篁了。」王香火看著那些小船在湖面上消失，轉過身來對翻譯官說，「這地方是孤山，所有的橋都拆掉了，你們一個也出不去。」

翻譯官驚慌失措地喊叫起來，王香火看到他揮拳準備朝自己打來，可他更急迫的是向日本兵指揮官嘰哩呱啦報告。

那些年輕的日本兵出現了驚愕的神色，他們的臉轉向寬闊的湖水，對自己身陷絕境顯得難以置信。後來一個算是醒悟了的日本兵端起刺刀，哇哇大叫著衝向王香火，他的憤怒點燃了別人的仇恨，立刻幾乎所有的日本兵都端上刺刀大叫著衝向王香火。指揮官吆喝了一聲後，日本兵迅速收起刺刀挺立在那裏。指揮官走到王香火面前，舉起拳頭哇哇咆哮起來，他的拳頭在王香火眼前揮舞了好一陣，才狠狠地打出一拳。

王香火沒有後退就摔倒在地，翻譯官走上去使勁地踢了他幾腳，叫道：

「起來，帶我們去松篁。」

王香火用胳膊肘撐起身體，站了起來。翻譯官繼續說：

「太君說，你想活命就帶我們去松篁。」

王香火搖了搖頭說：

「去不了松篁了，所有的橋都拆掉了。」

翻譯官給了王香火一耳光，王香火的腦袋搖擺了幾下，翻譯官說：

「你他娘的不想活啦。」王香火聽後低下了頭，喃喃地說：

「你們也活不了。」

翻譯官臉色慘白起來，他向指揮官說話時有些結結巴巴。日本兵指揮官似乎仍然沒有意識到自己的困境，他讓翻譯官告訴王香火，要立刻把他們帶離這裏。王香火對翻譯官說：

「你們把我殺了吧。」

王香火看著微微波動的湖水，對翻譯官說：

「就是會游泳也不會活著出去，游到中間就會凍死。你們把我殺了吧。」

翻譯官向指揮官說了一通，那些日本兵的臉上出現了慌張的神色，他們都看著自己的指揮官，把自己的命運交給這個和他們一樣不知所措的人。

站在一旁的王香火又對翻譯官說：

「你告訴他們，就是能夠到對岸也活不了，附近所有的橋都拆掉了。」

然後他笑了笑，似乎有些不好意思說：

「是我讓他們拆的。」

於是那隊年輕的日本兵咆哮起來，他們一個個端上了刺刀，他們滿身的泥土讓王香火突然有些悲哀，他看到的彷彿只是一群孩子而已。指揮官向他們揮了揮手，又說了一些什麼，兩個日本兵走上去，將王香火拖到一棵枯樹前，然後用槍托猛擊王香火的肩膀，讓他靠在樹上，王香火疼得直咧嘴。他歪著腦袋看到兩個日本兵在商量著什麼，另外的日本兵都在望著寬闊的湖水，看上去憂心忡忡的，他們毫不關心這裏正在進行的事。他看到兩個日本兵排成一行，將刺刀端平走了上來。陽光突然來到了，一片令人目眩的光芒使眼前的一切燦爛明亮，一個日本兵端著槍在地上坐了下去，他脫下了大衣放到膝蓋上，然後低下了頭，另一個日本兵走上去拍拍他瘦弱的肩膀，他沒有動，那人也就在他身旁站著不動了。

端著刺刀的兩個日本兵走到五六米遠處站住腳，其中一個回頭看看指揮官，指揮官正和翻譯官在說話。他就回頭和身旁的日本兵說了句什麼。王香火看到有幾個日本兵脫下帽子擦起了臉上的塵土，湖面上那座破碎不堪的斷橋也出現了閃光。

那兩個日本兵哇哇叫著衝向王香火，這一刻有幾個日本兵回頭望著他了。他看到兩把閃亮的刺刀彷彿從日本兵下巴裏長出來一樣，衝向了自己。隨即刺入了胸口和腹部，他感到刺刀在體內轉了一圈，然後又拔了出來。似乎是內臟被挖了出來，王香火沙啞地喊了一聲：

「爹啊，疼死我了。」

他的身體貼著樹木滑到地上，扭曲著死在血泊之中。

日本兵指揮官喊叫了一聲，那些日本兵立刻集合到一起，排成兩隊。指揮官揮了一下手，他們「沙沙」地走了起來。中間一人用口哨吹起了那支小調，所有的人都低聲唱了起來。這支即將要死去的隊伍，在傍晚來到之時，唱著家鄉的歌曲，走在異國的土地上。

十五

孫喜挑著兩袋大米「吱啞吱啞」走後，王子清慢慢走出院子，雙手背在身後，在霞光四射的傍晚時刻，緩步走向村前的糞缸。

冬天的田野一片蕭條，鶴髮銀鬚的王子清感到自己走得十分淒涼，那些枯萎的樹木恍若一具具屍骨，在寒風裏連顫抖都沒有。一個農民向他彎下了腰，叫一聲：

「老爺。」

「嗯。」

他鼻子哼了一下，走到糞缸前，撩起絲綿長衫，脫下褲子後一腳跨了上去。他看著那條伸展過去的小路，路上空空盪盪，只有夜色在逐漸來到。不遠處一個上了年紀的農民正在刨地，鋤頭一下一下落進泥土裏，聽上去有氣無力。這時，他感到自己哆嗦的腿開始抖動起來，他努力使自己蹲得穩一點，可是力不從心。他看看遠處的天空，斑斕的天空讓他頭暈眼花，他趕緊閉上眼睛，這個細小的動作使他從糞缸上栽了下去。

地主看到那個農民走上前來問他：

「老爺，沒事吧。」

他身體靠著糞缸想動一下，四肢鬆軟得像是裏面空了似的。他就費勁地向農民伸出兩根手指，彎了彎。農民立刻俯下身去問道：

「老爺，有什麼吩咐？」

他輕聲問農民：

「你以前看到過我掉下來嗎？」

農民搖搖頭回答。

「沒有，老爺。」

他伸出了一根手指，說：

「第一次？」

「是的，老爺，第一次。」

地主輕輕笑了起來，他向農民揮揮手指，讓他走開。老年農民重新走過去刨地了。地主軟綿綿地靠著糞缸坐在地上，夜色猶如黑煙般逐漸瀰漫開來，那條小路還是蒼白的。有女人吆喝的聲音遠遠飄來，這聲音使他全身一抖，那是他妻子年輕時的聲音，正在召喚貪玩的兒子回家。他閉上了眼睛，看到無邊無際的湖水從他胸口一波一波地湧了過去，雲彩飄得太低了，像是風一樣從水面上捲過來。他看到了自己的兒子，心不在焉地向他走來，他在心裏罵了一聲——這孽子。

地主家的兩個女人在時深時淺的悲傷裏，突然對地主一直沒有回家感到慌亂了，那時天早已黑了，月光明亮地照耀而下。兩個小腳女人向村前磕磕絆絆地跑去，嘴裏喊叫著地主，沒有得到回答的女人立刻用哭聲呼喚地主。她們的聲音像是啼叫的夜鳥一樣，在月光裏飛翔。當她們來到村口糞缸前時，地主歪著身體躺在地上已經死去了。

一九九二年七月二十日

戰慄

一封過去的信

一位窮困潦倒中的詩人，在他四十三歲的某一天，站在自己的書櫃前遲疑不決，面對二十來年陸續購買的近五千冊書籍，他不知道此刻應該讀什麼樣的書，什麼樣的書才能和自己的心情和諧一致。

他將叔本華的《作為意志與表象的世界》從中間的架子上取下來，讀了這樣一段：「……他不認識什麼太陽，什麼地球，而永遠只是眼睛，是眼睛看見太陽；永遠只是手，是手感觸著地球……」他覺得很好，可是他不打算往下讀，就換了一冊但丁的《神曲・地獄篇》，一打開就是第八頁，他看到：「……吃過之後，她比先前更飢餓／她與許多野獸交配過／而且還要與更多的野獸交配……」他這時感到自己也許是要讀一些小說，於是他站到了凳子上，在書櫃最頂層取出了福克納的《我彌留之際》，他翻到最後一頁，看看書中人物卡什是怎樣評價自己父親的：「『這是卡什、朱厄爾、瓦達曼、還有杜威・德爾，』爹說，一副小人得志、趾高氣揚的樣子，假牙什麼的一應俱全，雖說他還不敢正眼看我們。『來見過本德倉太太吧，』他說。」

這位詩人就這樣不停地將書籍從架子上取下來，緊接著又放了回去，每一冊書都只是看上幾眼，他不知道已經在書櫃前站了兩個多小時了，只是感到還沒有找到自己準備坐到沙發裏或者躺到床上去認眞讀一讀的書。他經常這樣，經常樂此不疲，沒有目標地在書櫃前尋找著準備閱讀的書。

這一天，當他將《英雄輓歌》放回原處，拿著《培爾・金特》從凳子上下來時，一封信從書裏滑了出來，滑到膝蓋時他伸手抓住了它。他看到了十分陌生的字跡，白色的信封開始發黃了，他走到窗前，坐了下來，取出裏面的信，他看到信是一位名叫馬蘭的年輕女子寫來的，信上這樣寫：

……你當時住的飯店附近有一支獵槍，當你在窗口出現，或者走出飯店，獵槍就瞄準了你，有一次你都撞到槍口上了，可是獵槍一直沒有開槍，所以你也就安然無恙地回去了……我很多情……我在這裏有一間小小的「別墅」，各地的朋友來到時都在這裏住過。這裏的春天很美麗，你能在春天的時候（別的時候也行）來我的「別墅」嗎？

信的最後只有馬蘭兩個字的簽名，沒有寫上日期，詩人將這張已經發黃了的信紙翻了過來。信紙的背面有很多霉點，像是墨水留下的痕跡，他用指甲刮了幾下，出現了一些灰塵似的粉末。詩人將信紙放在桌上，拿起了信封。信封的左上角貼了四張白紙條，這封信是轉了幾個地方後才來到他手上的。他一張一張地翻看著這些白紙條，每一張都顯示了曾經存在過的一個住址，他當時總是迅速地變換自己的住址。

詩人將信封翻過來，找到了郵戳，郵戳上的字跡已經模糊不清，差不多所有的筆畫上都長出了郵戳那種顏色的纖維，它們連在了一起，很難看清楚上面的日期。詩人將信封舉了起來，讓窗外的光芒照亮它，接著，他看到或者說是分辨出了具體的筆畫，他看到了日期。然後，他將這封十二年前寄出的信放在了桌子上，心裏想到在十二年前，一位年輕的女子，很可能是一位漂亮的姑娘，曾經邀請他進入她的生活，而他卻沒有前往。詩人將信放入信封，從抽屜裏拿出一個發硬了的麵包，慢慢地咬了一口。

他努力去回想十二年前收到這封信時的情景，可他的記憶被一團亂麻給纏住了，像是在夢中奔跑那樣吃力。於是他看著放在桌上的《培爾．金特》，他想到當時自己肯定是在閱讀這部書，他不是坐在沙發裏就是躺在床上，這封信他在手中拿了一會，後來他合上《培爾．金特》時，將馬蘭的信作爲書籤插入到易卜生的著作之中，此後他十二年沒再打開過這部著作。

當時他經常收到一些年輕女子的來信，幾乎所有給他寫過信的女子，無論漂亮與否，都會在適當的時候光臨到他的床上。就是他和這一位姑娘同居之時，也會用一個長途電話或者一封掛號的信件，將另一位從未見過的姑娘召來，見縫插針地睡上一覺。

現在，已經沒有什麼人給他寫信了，他也不知道該給誰寫信。就是這樣，他仍然每天兩次下樓，在中午和傍晚的時候去打開自己的信箱，將手伸進去摸一摸裏面的灰塵，然後慢慢地走上樓，回到自己屋中。雖然他差不多每次都在信箱裏摸了一手的灰塵，可對他來說這兩次下樓是一天裏最值得激動的事，有時候一封突然來到的信會改變一切，最起碼也會讓他驚喜一下，當手指伸進去摸到的不再是些塵土，而是信封那種紙的感受，薄薄的一片貼在信箱底上，將它拿出來時他的手會抖動起來。

所以他從書架上取下《培爾・金特》時，一封信滑出後掉到地上，對他是一個意外。他打開的不是信箱，而是一冊書，看到的卻是一封信。

他彎下身去撿起那封信件時，感到血往上湧，心裏咚咚直跳。他拿著這封信走到窗前坐下，仔細地察看了信封上陌生的筆跡，他無法判斷這封信出自誰之手，於是這封信對他來說也就充滿了誘惑，他的手指從信封口伸進去摁住信紙抽了出來，他聽到了信紙出來時的輕微響聲，那種紙擦著紙的響聲。

後來，他望到了窗外。窗外已是深秋的景色，天空裏沒有陽光，顯得有些蒼白，幾幢公寓樓房因爲陳舊而變得灰暗，樓房那些窗戶上所掛出的衣物，讓人覺得十分雜亂，詩人看著它們，感受到生活的消極和內心的疲憊。樓房下的道路上布滿了枯黃的落葉，落葉在風中滑動著到處亂飄，而那些樹木則是光禿禿地伸向空中。

周林

周林，是這位詩人的名字，他仍然坐在窗前，剛剛寫完一封信，手中的鋼筆在信紙的下端簽上了自己的名字，然後在一張空白信封上填寫了馬蘭的地址，是這位女子十二年前的地址，又將信紙兩次對折後疊好放入信封。

他拿著信站起來，走到門後，取下掛在上面的外衣，穿上後他打開了門，手伸進右側的褲子口袋摸了摸，他摸到了鑰匙，接著放心地關上了門，在堆滿雜物的樓梯上小心翼翼地往下走去。

十分鐘以後，周林已經走在大街上了。那是下午的時候，街道上飄滿了落葉，腳踩在上面讓他聽到了沙沙的斷裂聲，汽車駛過時使很多落葉旋轉起來。他走到人行道上，在一個水果店前站立了一會，水果的價格讓他緊緊皺起了眉頭，可是，他這樣問自己：有多長時間沒有嚐過水果了？他的手伸進口袋，拿出了一枚一元錢的硬幣，他看著硬幣心想：上一次吃水果時，似乎還沒有流通這種一元的硬幣。有好幾年了。窮困的詩人將一元錢的硬幣遞了過去，說：

「買一個橘子。」

「買什麼？」水果店的主人看著那枚硬幣問。

「買橘子。」他說著將硬幣放在了櫃檯上。

「買一個橘子？」

他點點頭說：「是的。」

水果店的主人坐到了凳子上，對那枚硬幣顯得不屑一顧，他向周林揮了揮手，說道：

「你自己拿一個吧。」

周林的目光在幾個最大的橘子上挨個停留了一會，他的手伸過去後拿起了一個不大也不小的橘子，他問道：

「這個行嗎？」

「拿走吧。」他雙手拿著橘子往前走去，橘子外包著一層塑膠薄膜，他去掉薄膜，橘子金黃的顏色在沒有陽光的時候仍然很明亮，他的兩個手指插入明亮的橘子皮，將橘子分成兩半，慢慢吃著往前走去，橘子裏的水分遠沒有他想像的那麼多，所以他沒法一片一片地品嚐，必須同時往嘴裏放上三片才能吃出一點味道來。當他走到郵局時，剛好將橘子吃完，他的手在衣服上擦了擦，從口袋裏取出給馬蘭的信，把信扔入了郵筒。他在十二年後的今天，給那位十二年前的姑娘寫了回信，他在信中這樣寫道：

……你十二年前的來信，我今天正式收到了……這十二年裏，我起碼有七次變換了住址，每一次搬家都會遺失一些信件什麼的，三年前我搬到現在這個住址，我發現自己已經將過去所有的信件都丟失了，唯有你這封信被保留了下來……十二年前我把你的信插入了一本書中，一本沒有讀完的書，你的信我也沒有讀完。今天，我準備將十二年前沒有讀完的書繼續讀下去時，我讀完的卻是你的信……在十二年前，我們之間的美好關係剛剛開始就被中斷了，現在我就站在這中斷的地方，等待著你的來到……我們應該坐在同一間房屋裏，坐在同一個窗前，望著同樣的景色，說著同樣的話，將十二年前沒有讀完的書認眞地讀完……

兩封馬蘭的來信

周林給馬蘭的信寄出後沒過多久，大約十來天，他收到了她的回信。馬蘭告訴周林，她不僅在過去的十二年裏沒有變換過住址，而且「從五歲開始，我就一直住在這裏」。所以「你十二年後寄出的信，我五天就收到了」。她在信中說：「收到你的信時，我沒有在讀書，我正準備上樓，在樓梯裏我讀了你的信，由於光線不好，回到屋裏我站到窗口又讀了一遍，讀完後我把你的信放到了桌子上，而不是夾到書裏。」讓周林感到由衷高興的是，馬蘭十二年前在信中提到的「別墅」仍然存在。

這天中午，周林坐在窗前的桌旁，把馬蘭的兩封來信放在一起，一封過去的信和一封剛剛收到的信，他看到了字跡的變化，十二年前馬蘭用工整稚嫩的字，寫在一張淺藍顏色的信紙上，字寫得很小。信紙先是疊了一個三角，又將兩個角彎下來，然後才疊出長方的形狀，彎下的兩個角插入到信紙之中。十二年前周林在拆開馬蘭來信時，對如此複雜的疊信方式感到很不耐煩，所以信紙被撕破了。

現在收到的這封信疊得十分馬虎，而且字跡潦草，信的內容也很平淡，沒有一句對周林發出邀請的話，只是對「別墅」仍然存在的強調，讓周林感到十二年前中斷的事可以重新開始。

這封信寫在一張紙的反面，周林將紙翻過來，看到是一張病歷，上面寫著：

停經五十天請婦科診治

然後是日期和比馬蘭信上筆跡更爲潦草的醫生簽名。

馬蘭的「別墅」

馬蘭的別墅是一間二十平米左右的房屋，室內只有一張床、一把椅子、一張寫字台和一只三人沙發，顯得空空盪盪。周林一走進去就聞到了灰塵濃重的氣息，不是那種在大街上飄揚和席捲的風沙，是日積月累後的氣息，壓迫著周林的呼吸，使他心裏發沉。

馬蘭將揹在肩上的牛皮背包扔進了沙發，走到窗前扯開了像帆布一樣厚的窗簾，光線一下子照到了周林的眼睛上，他瞇縫起眼睛，感到灰塵掉落下來時不是紛紛揚揚，倒像是細雨。

扯開窗簾以後，馬蘭從桌子的抽屜裏拿出一塊抹布，她擦起了沙發。周林走到窗前，透過灰濛濛的玻璃，他看到了更爲灰濛濛的景色，在雜亂的樓房中間，一條水泥鋪成的小路隨便彎曲了幾下後來到了周林此刻站立的窗下。

剛才他就是從這條路上走過來的。他們在火車站上了一輛的士，那是一輛紅色的桑塔納。馬蘭讓他先坐到車裏，然後自己坐在了他的身邊，她坐下來時順手將牛皮背包放到了座位的中間。周林心想這應該是一個隨意的動作，而不是有意要將他們之間的身體隔開。他們說著一些可有可無的話，看著的士慢慢駛去。司機打開的對講機裏同時有幾個人在說話，互相通報著這座城市裏街道擁擠的狀況，車窗外人的身影就像森林裏的樹木那樣層層疊疊，車輪不時濺起一片片白色的水花，水花和馬蘭鮮紅的嘴唇，是周林在這陰沉的下午裏唯一感受到的活力。

半個小時以後，的士停在了一個十分闊氣和嶄新的公共廁所旁。周林先從車裏出來，他站在這氣派的公共廁所旁，看著貼在牆上的白色馬賽克和屋頂的紅瓦，再看看四周的樓房，那些破舊的樓房看上去很灰暗，電線在樓房之間雜亂地來來去去，不遠處的垃圾桶竟然倒在了地上，他看到一個人剛好將垃圾倒在桶上，然後一轉身從容不迫地離去。

他站在這裏，重新體會著剛才在車站廣場尋找馬蘭時的情景。他的雙腿在行李和人群中間艱難地跋涉著，冬天的寒風吹在他的臉上，讓他感受到南方特有的潮濕。他呵出了熱氣，又吸進別人吐出的熱氣，走到了廣場的鐵柵欄旁，把胳膊架上去，伸長了脖子向四處眺望，尋找著一個戴紅帽子的女人，這是馬蘭在信中給他的特徵。他在那裏站了十來分鐘，就發現自己來到了一座人人喜歡鮮豔的城市，他爬到鐵柵欄上，差不多同時看到了十多頂紅帽子，在廣場擁擠的人群裏晃動著，猶如漂浮在水面上的胡蘿蔔。

後來，他注意到了一個女人，一個正在走過來的戴紅帽子的女人，爲了不讓寒風絲絲地往脖子裏去，她縮著脖子走來，一隻手捏住自己的衣領。她時時把頭抬起來看看四周，手裏夾著香菸，吸菸時頭會迅速低下去，在頭抬起來之前她就把菸吐出來。他希望這個女人就是馬蘭，於是向她喊叫：

「馬蘭。」

馬蘭看到了他，立刻將香菸扔到了地上，用腳踩了上去，揚起右手向他走去。她的身體裹在臃腫的羽絨大衣裏，他感受不到她走來時身體的扭動，她鮮紅的帽子下面是同樣鮮紅的圍巾，他看不到她的脖子，她的手在手套裏，她的兩條腿一前一後擺動著，來到一個水坑前，她跳躍了起來，她跳起來時，讓他看到了她的身體所展現出來的輕盈。

交談

馬蘭像個工人一樣叼著香菸，將周林身旁的椅子搬到電錶下面，從她的牛皮背包裏拿出一支電筆，站到椅子上，將電錶上的兩顆螺絲擰鬆後下來說：「我們有暖氣了。」

她在牛皮背包裏拿出了一個很大的電爐，起碼有一千五百瓦，放到沙發旁，插上電源後電爐立刻紅起來了，向四周散發著熱量。馬蘭這時脫下了羽絨大衣，坐到沙發裏，周林看到牛仔褲把馬蘭的臀部綳得很緊，儘管如此她的腹部還是堅決地隆出來了一些。周林看到電爐通紅一片，接著看到電錶紋絲不動。

這個三十多歲的女人左手夾著香菸，右手玩著那支電筆，微笑地看著周林，皺紋爬到了她的臉上，在她的眼角放射出去，在她的額頭舒展開來。周林也微笑了，他想不到這個女人會如此能幹，她讓電變成了熊熊燃燒的火，同時又不用去交電費。

周林感到自己的身體開始熾熱起來，他脫下羽絨服，走到床邊，將自己的衣服和馬蘭的放在一起，然後回到沙發裏坐下，他看到馬蘭還在微笑，就說：

「現在暖和多了。」

馬蘭將香菸遞過去，問他：

「你抽一支嗎？」

周林搖搖頭，馬蘭又問：

「你一直都不抽菸？」

「以前抽過。」周林說道，「後來……後來就戒了。」

馬蘭笑起來，她問：

「爲什麼戒了？怕死？」

周林搖搖頭說：「和死沒關係，主要是……經濟上的原因。」

「我明白了。」馬蘭笑了笑，又說，「十二年前我看到你的時候，你手裏夾著一支牡丹牌的香菸。」

周林笑了，他說：

「你看得這麼清楚？」

「這不奇怪。」馬蘭說，「奇怪的是我還記得這麼清楚。」

馬蘭繼續說著什麼，她的嘴在進行著美妙的變化，周林仔細聽著她的聲音，那個聲音正從這張吸菸過多的嘴中飄揚出來，柔和的後面是突出的清脆，那種令人感到快要斷裂的清脆。她的聲音已經陳舊，如同一台用了十多年的收錄機，裏面出現了沙沙的雜音。尤其當她發出大笑時，嘶啞的嗓音讓周林的眼中出現一堵斑駁的舊牆，而且每次她都是用劇烈的咳嗽來結束自己的笑聲。當她咳嗽時，周林不由地要爲她的兩葉肺擔驚受怕。

她止住咳嗽以後，眼淚汪汪地又給自己點燃一支香菸，隨後拿出化妝盒，重新安排自己的容貌。她細心擦去被眼淚弄濕了的睫毛膏，又用手巾紙擦起了臉和嘴唇，接下去是漫長的化妝。她並不在意自己的身體，可她熱愛自己的臉蛋。那支只吸了一口的香菸擱在茶几上，自己燃燒著自己，她已經忘記了香菸的存在，完全投身到對臉蛋的布置之中。

沮喪

兩個人在沙發上進行完牡丹牌香菸的交談之後，馬蘭突然有些激動，她看著周林的眼睛閃閃發亮，她說：

「要是十二年前，我這樣和你坐在一起……我會很激動。」

周林認眞地點點頭，馬蘭繼續說：

「我會喘不過氣來的。」

周林微笑了，他說：

「當時我經常讓人喘不過氣來，現在輪到我自己喘不過氣來了。」

他看了看馬蘭，補充說：

「是窮困，窮困的生活讓我喘不過氣來。」

馬蘭同情地看著他，說：

「你毛衣的袖管已經磨破了。」

周林看了看自己的袖管，然後笑著問：

「你收到我的信時吃驚了嗎？」

「沒有。」馬蘭回答，她說，「我拆開你的信，先去看署名，這是我的習慣，我看到周林兩個字，當時我沒有想起來是你，我心想這是誰的信，邊上樓邊看，走到屋門口時我差不多看完了，這時我突然想起來了。」

周林問：「你回到屋中後又看了一遍？」

「是的。」馬蘭說。

「你吃驚了嗎？」

「有點。」

周林又問：「沒有激動？」

馬蘭搖搖頭：「沒有。」

馬蘭給自己點燃一支香菸，吸了一口後說道：

「我覺得很有趣，我寫出了一封信，十二年後才收到回信，我覺得很有趣。」

「確實很有趣。」周林表示同意，他問，「所以你就給我來信？」

「是的。」馬蘭說，「這是一方面，另一方面我是單身一人。如果我已經嫁人，有了孩子，這事再有趣我也不會讓你來。」

周林輕聲說：「好在你沒有嫁人。」

馬蘭笑了，她將香菸吐出來，然後用舌尖潤了潤嘴唇，換一種口氣說：

「其實我還是有些激動。」

她看看周林，周林這時感激地望著她，她深深吸了口氣後說：

「十二年前我爲了見到你，那天很早就去了影劇院，可我還是去晚了，我站在走道上，和很多人擠在一起，有一隻手偷偷地摸起了我的屁股，你就是那時候出現的，我忘記了自己的屁股正在被侮辱，因爲我看到了你，你從主席台的右側走了出來，穿著一件絳紅的夾克，走到了中央，那裏有一把椅子，你一個人來到中央，下面擠滿了人，而台上只有你一個人，空空盪盪地站在那裏，和椅子站在一起。

「你筆直地站在台上，台下沒有一絲聲響，我們都不敢呼吸了，睜大眼睛看著你，而你顯得很疲倦，嗓音沙啞地說想不到在這裏會有那麼多熱愛文學、熱愛詩歌的朋友。你說完這話微微仰起了臉，過了一會，前面出現了掌聲，掌聲一浪一浪地撲過來，立刻充滿了整個大廳。我把手都拍疼了，當時我以爲大家的掌聲是因爲聽到了你的聲音，後來我才知道你說完那句話以後就流淚了，我站得太遠，沒有看到你的眼淚。

「在掌聲裏你說要朗誦一首詩歌，掌聲一下子就沒有了，你把一隻手放到了椅子上，另一隻手使勁地向前一揮，我們聽到你響亮地說道：『望著你的不再是我的眼睛／而是兩道傷口／握著你的不再是我的手／而是……』

「我們憋住呼吸，等待著你往下朗誦，你卻站在那裏一動不動，主席台上強烈的光線照在你的臉上，把你的臉照得像一隻通了電的燈泡一樣亮，你那樣站了足足有十來分鐘，還沒有朗誦『而是』之後的詩句，台下開始響起輕微的人聲，這時你的手又一次使勁向前一揮，你大聲說：『而是……』

「我們沒有聽到接下來的詩句，我們聽到了撲通一聲，你直挺挺地摔到了地上。台下的人全呆住了，直到有幾個人往台上跑去時，大家才都明白過來，都往主席台擁去，大廳裏是亂成一團，有一個人在主席台上拚命地向下面喊叫，誰也聽不清他在喊什麼，他大概是在喊叫著要人去拿一副擔架來。他不知道你已經被抬起來了，你被七八個人抬了起來，他們端著你的腦袋，架著你的腳，中間的人扯住你的衣服，走下了主席台，起碼有二十來個人在前面爲你開道，他們蠻橫地推著喊道：『讓開，讓開……』

「你四肢伸開地從我面前被抬過去，我突然感到那七八個抬著你的人，不像是在抬你，倒像是扯著一面國旗，去遊行時扯著的國旗。你被他們抬到了大街上，我們全都擁到了大街上，陽光照在你的眼睛上使你很難受，你緊皺眉頭，皺得嘴巴都歪了。

「街道上從來沒有過這麼多人，聽過你朗誦『而是……』的人簇擁著你，還有很多沒有聽過你朗誦的人，因爲好奇也擠了進來，浩浩盪盪地向醫院走去。來到醫院大門口時，你閉著的眼睛睜開了，你的手掙扎了幾下，讓抬著你的人把你放下，你雙腳站到了地上，右手摸著額頭，低聲說：『現在好了，我們回去吧。』

「有一個人爬到圍牆上，向我們大喊：『現在他好啦，詩人好啦，我們可以回去啦。』

「喊完他低下頭去，別人告訴他，你說自己剛才是太激動了，他就再次對我們喊叫：『他剛才太激動啦！』」

周林有些激動，他坐在沙發裏微微打抖了，馬蘭不再往下說，她微笑地看著周林，周林說：

「那是我最爲輝煌時候。」

接著他嘿嘿笑了起來，說道：

「其實當時我是故意摔到地上的，我把下面的詩句忘了，忘得乾乾淨淨，一句都想不起來……我只好摔倒在地。」

馬蘭點點頭，她說：

「最先的時候我們都相信你是太激動了，半年以後就不這樣想了，我們覺得你是想不出下面的詩句。」

馬蘭停頓了一下，然後換了一種語氣說：

「你還記得嗎？你住的那家飯店的對面有一棵很大的梧桐樹，我在那裏站了三次，每次都站了幾個小時……」

「一棵梧桐樹？」周林開始回想。

「是的，有兩次我看到你從飯店裏走出來，還有一次你是走進去……」

「我有點想起來了。」周林看著馬蘭說道。

過了一會，周林拍了一下自己的額頭說：

「我完全想起來了，有一天傍晚，我向你走了過去……」

「是的。」馬蘭點著頭。

隨後她興奮地說：「你是走過來了，是在傍晚的時候。」
周林霍地站了起來，他差不多是喊叫了：
「你知道嗎？那天我去了碼頭，我到的時候你已經走了。」
「我已經走了？」馬蘭有些不解。
「對，你走了。」周林又堅決地重複了一次。
他說：「我們就在梧桐樹下，就在傍晚的時候，那樹葉又寬又大，和你這個牛皮背包差不多大……我們約好了晚上十點鐘在碼頭相見，是你說的在碼頭見……」
「我沒有……」
「你說了。」周林不讓馬蘭往下說，「其實這無關緊要，重要的是我們約好了。」
馬蘭還想說什麼，周林揮揮手不讓她說，他讓自己說：
「實話告訴你，當時我已經和另外一個姑娘約好了。要知道，我在你們這裏只住三天，我不會花三天的時間去和一個姑娘談戀愛，然後在剩下的十分鐘裏和她匆匆吻別。我一開始就看準了，從女人的眼睛裏做出判斷，判斷她是不是可以在一個小時裏，最多半天的時間，就能掃除所有障礙從而進入實質。
「可是當我看到了你，我立刻忘記了自己和別的女人的約會。你站在街道對面的梧桐樹下看著我，兩隻手放在一起，你當時的模樣突然使我感動起來，我心裏覺察到純潔對於女人的重要。雖然我忘了你當時穿什麼衣服，可我記住了你純潔動人的樣子，在我後來記憶裏你變成了一張潔白的紙，一張貼在斑駁牆上的潔白的紙。

「我向你笑了笑，我看到你也向我笑了。我穿過街道走到你面前，你當時的臉蛋漲得通紅，我看著你放在一起的兩隻漂亮的手，夕陽的光芒照在你的手指上，那時候我感到陽光索然無味。

「你的手鬆開以後，我看到了一冊精緻的筆記本，你輕聲說著讓我在筆記本上簽名留字。我在上面這樣寫：我想在今夜十點鐘的時候再次見到你。

「你的頭低了下去，一直埋到胸口，我呼吸著來自你頭髮中的氣息，裏面有一種很淡的香皂味。過了一會你抬起臉來，眼睛一眨一眨地看著別處，問我：『在什麼地方？』

「我說：『由你決定。』

「你猶豫了很久，又把頭低了下去，然後說：『在碼頭。』」

周林看到馬蘭聽得入神，他停頓了一下，繼續說：

「那天傍晚我回到飯店時，起碼有五六個男人在門口守候著我，他們臉上掛著謙卑的笑容，這是我最害怕的笑容，這笑容阻止了我內心的厭煩，還要讓我笑臉相迎，將他們讓進我的屋子，讓他們坐在我的周圍，聽他們背誦我過去的詩歌……這些我都還能忍受，當他們拿出自己的詩歌，都是厚厚的一疊，放到我面前，要我馬上閱讀時，我就無法忍受了，我眞想站起來把他們訓斥一番，告訴他們我不是門診醫生，我沒有義務要立刻閱讀他們的詩稿。可我沒法這樣做，因爲他們臉上掛著謙卑的笑容。

「有兩三個姑娘在我的門口時隱時現。她們在門外推推搡搡，哧哧笑著，誰也不肯先進來。這樣的事我經常碰上，我毫無興趣的男人坐了一屋子，而那些姑娘卻在門外猶豫不決。要是在另外的時候，我就會對她們說：『進來吧。』

「那天我沒有這樣說，我讓她們在門外猶豫，同時心裏盤算著怎樣把屋裏的這一堆男人哄出去。我躺到床上去打呵欠，一個接著一個地打，我努力使自己的呵欠打得和眞的一樣，我把臉都打疼了，疼痛使我眼淚汪汪，這時候他們都站了起來，謙卑地向我告辭，我透過眼淚喜悅地看著他們走了出去。然後我關上了門，看一下時間才剛到八點，再過半個小時是我和另外一個姑娘的約會，一想到十點鐘的時候將和你在一起，我就只好讓那個姑娘見鬼去了。

「我把他們趕走後，在床上躺了一會，要命的是我眞的睡著了。當我醒來時已是凌晨三點了，我心想壞了，趕緊跳起來，跑出去。那時候的飯店一過晚上十二點就鎖門了，我從大鐵門上翻了出去，大街上空空盪盪一個人都沒有，我拚命地往碼頭跑去，我跑了有半個小時，越跑越覺得不對，直到我遇上幾個挑著菜進城來賣的農民，我才知道自己跑錯了方向。

「我跑到碼頭時，你不在那裏，有一艘輪船拉著長長的汽笛從江面上駛過去，輪船在月光裏成了巨大的陰影，緩慢地移動著。我站在一個坡上，裏面的衣服濕透了，嗓子裏像是被劃過似的疼痛。我在那裏站了起碼有一個多小時，濕透了的衣服貼在我的皮膚上，使我不停地打抖。我準備了一個晚上的激情，換來的卻是孤零零一個人站在凌晨時空盪盪的碼頭上。」

周林看到馬蘭微笑著，他也笑了，他說：

「我在一塊石頭上坐了很久，聽著江水拍岸的聲響，眼睛卻看不到江水，四周是一片濃霧，我把屁股坐得又冷又濕，濃重的霧氣使我的頭髮往下滴水了，我戰慄著……」

馬蘭這時說：「這算不上戰慄。」

周林看了馬蘭一會，問她：

「那算什麼？」

「沮喪。」馬蘭回答。

發抖

周林想了想，表示同意，他點點頭說：

「是沮喪。」

馬蘭接著說：「你記錯了，你剛才所說的那個姑娘不是我。」

周林看著馬蘭，有些疑惑地問：

「我剛才說的不是你？」

「不是我。」馬蘭笑著回答。

「那會是誰？」

「這我就不知道了。」馬蘭說，「這座城市裏沒有碼頭，只有汽車站和火車站，還有一個正在建造中的飛機場。」

馬蘭看到周林這時笑了起來，她也笑著說：

「有一點沒有錯，你看到我站在街道對面，你也確實向我走了過來，不過你沒有走到我面前，你眼睛笑著看著我，從我身邊走了過去，走到了另外一個女人那裏。」

「另外一個女人？」周林努力去回想。

「一個皮膚黝黑的，很豐滿的女人。」馬蘭提醒他。

「皮膚很黑？很豐滿？」

「她穿著緊身的旗袍，衩開得很高，都露出了裏面的三角褲……你還沒有想起來？我再告訴你她的牙齒，她不笑的時候都露著牙齒，當她把嘴抿起來時，才看不到牙齒，可她的臉繃緊了。」

「我想起來了。」周林說，說著他微微有些臉紅。

馬蘭大笑起來，沒笑一會她就劇烈地咳嗽了，她把手裏的香菸扔進了菸缸，雙手捧住臉抖個不停。止住咳嗽以後，她眼淚汪汪地仍然笑著望著周林。

周林嘿嘿地笑了一會，爲自己解釋道：

「她身材還是很不錯的。」

馬蘭收起笑容，很認眞地說：

「她是一個淺薄的女人，一個庸俗的女人，她寫出來的詩歌比她的人還要淺薄，還要庸俗。我們都把她當成笑料，我們在背後都叫她美國遺產……」

「美國遺產？」周林笑著問。

「她沒有和你說過她要去繼承遺產的事？」

「我想不起來了。」周林說。

「她對誰都說要去美國繼承遺產了，說一個月以後就要走了，說護照辦下來了，簽證也下來了。過了一個月，她會說兩個月以後要走了，說護照下來了，簽證還沒有拿到。她要去繼承的遺產先是十萬美元，幾天以後漲到了一百萬，沒出一個月就變成一千多萬了。

「我們都在背後笑她，碰上她都故意問她什麼時候去美國，她不是說幾天以後，就是說一兩個月以後。到後來，我們都沒有興致了，連取笑她的興致都沒有了，可她還是興致勃勃地向我們說她的美國遺產。

「美國遺產後來嫁人了，有一陣子她經常挽著一個很瘦的男人在大街上走著，遇到我們時就得意洋洋地告訴我們她和她的瘦丈夫馬上就要去美國繼承遺產了。再後來她有了一個兒子，於是就成了三個人馬上要去美國繼承遺產。

「她馬上了足足有八年，八年以後她沒去美國，而是離婚了，離婚時她寫了一首詩，送給那個實在不能忍受下去的男人。她在大街上遇到我時，給我背誦了其中的兩句：『我是一朵帶刺的玫瑰／誰也摘不走……』」

周林聽到這裏嘿嘿笑了，馬蘭也笑了笑，接著她換了一種語氣繼續說：

「你從街對面走過來時，我才二十歲，我看到你眼睛裏掛著笑意，我心裏咚咚直跳，不敢正眼看你，我微低著頭，用眼角的虛光看著你走近，我以爲你會走到我身旁，我膽戰心驚，手開始發抖了，呼吸也停了下來。」

馬蘭說到這裏停頓下來，她看了一會周林，才往下說：

「可是你一轉身走到了另外一個女人身邊，我吃了一驚，我看著你和那個女人一起走去。你要是和別的女人，我還能忍受；你和美國遺產一起走了，我突然覺得自己遭受了恥辱。那一瞬間你在我心中一下子變得很醜陋，我咬住嘴唇忍住眼淚往前走，走完了整整一條街道，我開始冷笑了，我對自己說不要再難受了，那個叫周林的男人不過是另一個美國遺產。

「後來，過了大約有兩個月，我和美國遺產成了朋友，我們經常在一起，我的朋友都很驚訝，她們問我爲什麼和美國遺產交上了朋友？我只能說美國遺產人不錯。其實在我心裏有目的，我想知道你和美國遺產之間究竟發生了什麼。

「你和那個女人一起走去，我看到你的手放到她的肩上，我覺得你和她一樣愚蠢，一樣淺薄和庸俗。可我怎麼也忘不了你站在影劇院台上時激動的聲音，你突然倒下時的神聖。

「你知道嗎？美國遺產後來一到夏天就穿起西式短褲，整整三個夏季她沒有穿過裙子，她要向別人炫耀自己那雙黝黑有些粗壯的腿。她告訴我你當時是怎樣撩起了她的裙子，然後捧住她的雙腿，往她腿上塗著你的口水，你嘴裏輕聲說著：『多麼嘹亮的大腿。』

「她以爲自己的腿眞的不同凡響，她被你那句話給迷惑了，看不到自己的腿脂肪太多了，也看不到自己的腿缺少光澤……嘹亮的大腿，像軍號一樣嘹亮的大腿。」

馬蘭說到這裏，嘲弄地看著周林，周林笑了起來，馬蘭繼續說：

「你走後，美國遺產說要寫小說了，要把你和她之間的那段事寫出來，她寫了一個多月，只寫了一段，她給我看，一開始寫你的身體怎樣從她身上滑了下去，然後寫你仰躺在床上，伸開雙腿，美國遺產將她的下巴擱在你的腿上，她的手摸著你的兩顆睾丸，對你說：『左邊的是太陽，右邊的是月亮。』

「這時候你的手伸到那顆『月亮』旁撓起了癢癢，美國遺產問：『你把月亮給我，還是把太陽給我？』

「你說：『都給你。』

「美國遺產嘆息一聲，說道：『太陽出來時，月亮走了；月亮出來後，太陽沒了。我沒辦法都要。』

「你說：『你可以都要。』

「美國遺產問：『有什麼辦法？』

「你說：『別把它們當成太陽和月亮，不就行了？』

「美國遺產又問：『那把它們當成什麼？』

「你說：『把它們當成睪丸。』

「美國遺產說：『不，這是太陽和月亮。』

「她就寫到這裏。」

馬蘭給自己點燃了一支香菸，看著周林繼續說：

「美國遺產嘴中的你是一個滑稽的人，在她那裏聽到的，全是你對她的讚美之詞，從嘹亮的大腿開始，她身體的每個部分都讓你詩意化了。美國遺產被你那些滑稽的詩句組裝了起來，她爲此得意洋洋，到處去炫耀。

「她告訴我，她是你第一個女人。那是在你走後的那年夏天，也就是十二年前的那個夏天，我們躺在一張草蓆上，說到了你，說到兩個多月前你站在影劇院台上時的激動場面，美國遺產立刻坐了起來，眼睛閃閃發亮地看著我，當時我知道她什麼都會告訴我了，只要我臉上掛著羨慕的神情。

「她把嘴湊到我的耳邊，其實屋子裏就我們兩個人，她神祕地說道：『你知道嗎？我是他第一個女人。』」

「我當時吃驚地睜大了眼睛，我吃驚的是你第一個女人竟然是美國遺產，這使我對你突然產生了憐憫。美國遺產看到我的模樣後得意了，她問我：『你被男人抱過嗎？』

「我點點頭，我點頭是爲了讓她往下說。她又問：『那個男人第一次抱你時戰慄了嗎？』」

「『戰慄？』我當時不明白這話。

「她告訴我：『就是發抖。』

「我搖搖頭，就：『沒有發抖。』

「她糾正我的話：『是戰慄。』

「我點頭重複一遍：『沒有戰慄。』

「她揮揮手說：『那個男人不是第一次抱女人。』

「說著她又湊到我的耳邊，悄聲說：『周林是第一次抱女人，他抱住我時全身發抖，他的嘴在我脖子上擦來擦去，嘴唇都在發抖，我問他是不是冷，他說不冷，我說那爲什麼發抖，他說這不是發抖，這是戰慄。』」

馬蘭說到這裏問周林：

「你能解釋一下什麼是發抖，什麼是戰慄嗎？」

欺騙

馬蘭繼續說：

「美國遺產把你帶到她家裏，讓你在椅子裏坐下，你沒有坐，你從門口走到床前，又從床前走到窗口，你在美國遺產屋中走來走去，然後你回過身去對她說了一句話，一句讓我聽了毛骨悚然的話。」

周林看到馬蘭停下不說了，就問她：

「我說了什麼？」

馬蘭嘲弄地看著周林，她說：

「說了什麼？你走到她跟前，一隻手放到她的肩上，然後對她說：『讓我像抱妹妹一樣抱抱你。』」

周林笑了，他對自己過去的作爲表示了理解，他說：

「那時候我還幼稚。」

「幼稚？」馬蘭冷冷一笑，說，「如此拙劣的方式。」

周林還是笑，他說：

「我知道自己說了一句廢話，而且這句話很可笑。在當時，美國遺產把我帶到她家裏，就在她的臥室，她關上門，她的哥哥在樓下開了門進來，找了一件東西後又走了出去。然後一切都安靜下來，這時候我開始緊張了，我心裏盤算著怎樣把美國遺產抱住，她那時彎腰在抽屜裏找著什麼，屁股就衝著我，牛仔褲把她的屁股綳得很圓，她的屁股眞不錯。

「這是最糟糕的時候，是僵局。雖然我明白她把我帶到她的臥室，已經說明一些什麼，我跟著她到那裏也說明了一些什麼。一個男人和一個女人在一間門窗都關閉的屋子裏，而且這間屋子最多只有九平米，你說還能幹些什麼？」
「問題是怎樣打破僵局，我在這時候總是顧慮重重，當她的屁股衝著我時，我唯一的欲望就是從後面一把將她抱住，然後把她掀翻到床上，什麼話都別說，該幹什麼就幹什麼。
「可是女人不會願意，就是她心裏並不反對自己和一個男人進行肉體的接觸，她也需要藉口，需要你給她各種理由，一句話她需要欺騙，需要你把後來出現的行動都給予合理的解釋。對她來說，和一個男人一起躺到床上去不是一件容易的事，雖然她會很容易地和你躺在一起……」
周林看到馬蘭微笑地看著自己，趕緊說：
「當然，你是例外。」
馬蘭還是微笑著，她說：
「你繼續說下去。」
周林站起來走到窗前，往樓下看了一會，轉過身來繼續說：
「所以我才會說那句話，那句讓你毛骨悚然的話，可是我爲她找到了藉口，當她的身體貼到我身上時，她用不著再瞪圓眼睛或者表達其他的吃驚，更不會爲了表示自己的自尊而抵抗我。
「當她從抽屜裏拿出她寫的詩歌，大約有十來張紙，向我轉過身來時，我知道必須採取行動了，要是她的興趣完全來到詩歌上，那麼我只有下一次再和她重新開始。最要命的是在接下去的幾個小時裏，我將和一個對詩歌一竅不通的人談論詩歌，還要對她那些滑稽的詩作進行讚揚，讚揚的同時還得做一些適當的修改。

「她拿著詩作的手向我伸過來時，我立刻接過來，將那些有綠色的方格的紙放到桌子上，然後很認真地對她說了那句話，欺騙開始了，那句話不管怎樣拙劣，卻準確地表達了我想抱她的願望。

「她聽到我的話時怔了一下，方向一下子改變了，這對她多少有點突然，儘管她心裏還是有所準備的。接著她的頭低了下去，我抱住了她……」

馬蘭打斷了他的話，問他：

「你發抖了？」

周林笑了起來，他說：

「其實在她怔住的時候，我就發抖了。」

馬蘭笑著說：

「應該說你戰慄了。」

周林笑著搖搖頭，他說：

「不是戰慄，是緊張。」

馬蘭說：「你還會緊張？」

周林說：「為什麼我不會緊張。」

馬蘭說：「我覺得你會從容不迫。」
周林說：「那種時候不會有紳士。」
兩個人這時愉快地笑了起來，周林繼續說：
「我抱住她，她一直低著頭，閉上眼睛，她的臉色沒有紅起來，也沒有蒼白下去，我就知道她對這類摟抱已經司空見慣。我把自己的臉貼到她的臉上，手開始的時候在她肩上撫摸，然後慢慢下移，來到她的腰上時，她仰起臉來看著我說：『你要答應我。』
「我問她：『答應什麼？』
「她說：『你要把我當成妹妹。』
「她需要新的藉口了，因爲我這樣抱著她顯然不是一個哥哥在抱著妹妹，我必須做出新的解釋，我說：『你的頭髮太美了。』
「她聽了這話微微一笑，我又立刻讚美她的脖子，她的眼睛，她的嘴和耳朵，然後告訴她：『我不能再把你當成妹妹了。』
「她說：『不……』
「我不讓她往下說，打斷她，說了句酸溜溜的話：『你現在是一首詩。』
「我看到她的眼睛發亮了，她接受了這新的藉口。我抱著她往床邊移過去，同時對她說：『我要讀你、朗誦你、背誦你。』
「我把她放到了她的床上，撩起她的裙子時，她的身體立刻撐了起來，說：『別這樣，這樣不好。』

「我說：『多麼嘹亮的大腿。』

「我抱住她的腿，她的腿當時給我最突出的感受就是肉很多，我接連說了幾遍嘹亮的大腿，彷彿自己被美給陶醉了，於是她的身體慢慢地重新躺到了床上。

「我每深入一步都要尋找一個藉口，嚴格地按照邏輯進行，我把自己裝扮成一個藝術鑑賞家，讓她覺得我是在欣賞美麗的事物，就像是坐在海邊看著遠處的波濤那樣，於是她很自然地將自己身上的衣服一件一件地交給我的手，我把她身上所有的部位都詩化了。其實她心裏完全明白我在幹什麼，她可能還盼著我這樣做，我對自己的行爲，也對她的行爲做出了合理的解釋以後，她就一絲不掛了。

「當我開始脫自己衣服時，她覺得接下去的事太明確了，她必須表示一下什麼，她就說：『我們別幹那種事。』

「我知道她在說什麼，這時她已經一絲不掛，所以我可以明知故問：『什麼事？』

「她看著我，有些爲難地說：『就是那種事。』

「我繼續裝著不知道，問她：『哪種事？』

「她不知道該怎麼說了，我沒有像剛才那樣總是及時地給她藉口，她那時已經開始渴望了，可是沒有藉口。我把自己的衣服脫光，光臨到她的身上時，她只能違心地抵抗了，她的手推著我，顯得很堅決，可她嘴裏卻一遍一遍地說：『你爲什麼要這樣？』

「她急切地要我給她一個解釋，從而使她接下去所有配合我的行爲都合情合理。我什麼都沒有說，她的腿就抬起來，想把我掀下去，同時低聲叫道：『你要幹什麼？』

「我酸溜溜地說，這時候酸溜溜的話是最有用的，我說：『我要朗誦你。』

「她安靜了一下，接著又抵抗我了，她對我的解釋顯然不滿，她又是低聲叫道：『你要幹什麼？』

「我貼著她的臉，低聲對她說：『我要在你身上留一個紀念。』

「她問：『爲什麼？』

「我說：『因爲你的身體很美好。』

「她不再掙扎，她覺得我這個解釋可以接受了，她舒展開四肢，閉上了眼睛。

「她後來激動無比，她的身體充滿激情，她在激動的時候與衆不同，我遇到過呻吟喘息的，也有沉默的，卻沒碰上過像她那樣不停地喊叫：『媽媽，媽媽，媽媽，媽媽，媽媽，媽媽，媽媽，媽媽，媽媽，媽……』」

膽怯

馬蘭說：「那麼你呢？」

周林問：「你說什麼？」

馬蘭將身體靠到沙發上，說道：

「我是說你呢？」

周林問：「我怎麼了？」

馬蘭仔細看著周林，問他：

「你有過多少女人？」

周林想了想以後回答：

「不少。」

馬蘭點點頭，說道：

「所以你想不起我來了。」

「不對。」周林說，「我剛才不是說了，十二年前你站在街道對面微笑地望著我。」

「以後呢？」馬蘭問他。

「以後？」周林抱歉地笑了笑，然後說，「我犯了一個錯誤，沒和你在一起……我跟著美國遺產走了。」

馬蘭搖著頭說道：「你沒有跟著美國遺產走，那天晚上你和我在一起。」

周林有些吃驚地望著馬蘭，馬蘭說：

「你不要吃驚。」

周林臉上的表情發生了變化，他開始懷疑地看著馬蘭，馬蘭認眞地對他說：

「我說得是眞的……你仔細想想，有一幢還沒有竣工的樓房，正蓋在第六層，我們兩個人就坐在最上面的腳手架上，下面是一條街道，我們剛坐上去時，下面人聲很響地飄上來，還有自行車的鈴聲和汽車的喇叭聲，當我們離開時，下面一點聲響都沒有了……你想起來了嗎？」

周林似是而非地點了點頭，馬蘭問他：

「你和多少女人在沒有竣工的樓房裏呆過，而且是在第六層？」

周林看著馬蘭，很認眞地想了一會後，又很認眞地點了點頭，他說：

「我想起來了，我是和一個姑娘在一幢沒有竣工的樓房裏呆過，沒想到就是你。」

馬蘭微微地笑了，她對周林說：

「那時候你才二十七八歲，我只有二十歲，你是一個很有名的詩人，我是一個崇敬你的女孩，我們坐在一起，坐在很高的腳手架上。整整一個晚上我都在聽你說話，我使勁地聽著你說的每一句話，生怕漏掉一句，我對你的崇敬都壓倒了對你的愛慕。那天晚上你滔滔不絕，說了很多有趣的事，你的話題跳來跳去，這個說了一半就說到另一件事上去了，過了一會你又想起來剛才的話還沒說完，又跳了回去，你不停地問我：『你爲什麼不說話？』

「可是你問完後，馬上又滔滔不絕了。當時你留著很長的頭髮，你說話時揮舞著手，你的頭髮在你額前甩來甩去……」

馬蘭看到周林在點頭，就停下來看著他，周林這時插進來說：

「我完全想起來了，當時你的眼睛閃閃發亮，我從來沒有見過這麼明亮的眼睛。」

馬蘭笑了起來，她說：

「你的眼睛也非常亮，一閃一閃。」

馬蘭停頓了一下，繼續說：

「我們在一起坐了一個晚上，你只是碰了我一下，你說得最激動的時候把手放到了我的肩上，我自己都不知道，後來你突然發現手在我肩上，你就立刻縮了回去。

「你當時很靦腆，我們沿著腳手架往上走時，你都不好意思伸手拉我，你只是不住地說：『小心，小心，小心。』

「我們走到了第六層，你說：『我們就坐在這裏。』

「我點了點頭，你就蹲了下去，用手將上面的泥灰碎石子抹掉，讓我先坐下後，你自己才坐下。

「後來你看著我反覆說：『要是你是一個男人該多好，我們就不用分手了，你跟著我到飯店，要不我去你家，我們可以躺在一張床上，我們可以不停地說話……』

「你把這話說了三遍，接著你站了起來，說再過兩個小時天就要亮了，說應該送我回家了。

「我就站起來跟著你往下走，你記得嗎？那幢房子下面三層已經有了樓梯，下面的腳手架被拆掉了，走到第三層，我們得從裏面的樓梯下去，那裏面一片漆黑，你在前面，我跟在後面，我們互相看不見。在漆黑裏，我突然聽到你急促的呼吸聲，我從來沒有聽到過這樣的呼吸，又急又重。我先是一驚，接著我馬上意識到是怎麼回事了，我一旦明白以後，自己的呼吸也急促起來。我覺得自己隨時都會被你抱住，我心裏很害怕，同時又很激動，激動得都有點喘不過氣來了。我的呼吸一急促，你那邊的呼吸聲就更緊張了，變得又粗又響，我聽到後自己的呼吸也更急更粗……

「我們就這樣走出了那幢房子，什麼都沒有發生，我們走到街上，路燈照著我們，你在前面走著，我跟在後面，你低頭走了一會，才回過身來看我，我走到你身邊，這時候我們的呼吸都平靜了，你又開始滔滔不絕地說話了。」

馬蘭說到這裏停了下來，她看了一會周林，問他：

「你想起來了嗎？」

周林點了點頭，他說：

「當時我很膽怯。」

「只是膽怯？」馬蘭問。

周林點著頭說：

「是的，膽怯。」

馬蘭說：「應該是戰慄吧？」

周林看著馬蘭，覺得她不是在開玩笑，就認眞地想了想，然後說道：

「說是戰慄也可以，不過我覺得用緊張這詞更合適。」

說完他又想了想，接著又說：

「其實還是膽怯，當時我稍稍勇敢一點就會抱住你，可我全身發抖，我幾次都站住了，聽著你走近，有一次我向你伸出了手，都碰到了你的衣服，我的手一碰到你的衣服就把自己嚇了一跳，我立刻縮回了手。當時我完全糊塗了，我忘記了是在下樓，忘記了我們馬上就會走出那幢樓房，我以爲我們還要在漆黑裏走很久，所以我一次又一次地膽怯了，我覺得還有機會，誰知道一道亮光突然照在了我的眼睛上，我發現自己已經來到街上了……」

勾引

「有一點我不明白……」周林猶豫了一會後說，「就是美國遺產，我是說……她是怎麼回事？」

馬蘭說：「她和你沒關係。」

「沒關係？」周林看了一會馬蘭，接著大聲笑起來，他說：「這是你虛構的一個人？」

「不。」馬蘭說，「有這樣一個人，我說到她的事都是眞的，她也和一個詩人有過那種交往，只是那個詩人不是你。」

然後馬蘭笑著問他：

「你剛才說的那個喊叫『媽媽』的人是誰？」
周林也笑了起來，他伸手摸了摸額頭，說：
「我以爲她是美國遺產。」馬蘭又問：
「你還能想起來她是誰嗎？」
周林點點頭，馬蘭則是搖著頭說：
「我看你是想不起來了，就是想起來也是張冠李戴……你究竟和多少女人有過關係？」
「能想起來。」周林說，「就是要費點勁。」
周林說著身體向馬蘭靠近了一些，他笑著說：
「我還是不明白，我說的那句話你是怎麼知道的？」
馬蘭問他：「哪句話？」
周林說：「就是那句很拙劣的話。」
「嘹亮的大腿？」馬蘭問。
周林點頭說：「這句也是。」
馬蘭說：「那是你自己的詩句。」
周林說：「我明白了，還有一句……」
「讓我像抱妹妹一樣抱抱你。」馬蘭替他說了出來。
周林嘿嘿笑了起來，他繼續問馬蘭：

「你說美國遺產和我沒關係，可這句話……我還眞說過。」

馬蘭說：「你是對別的女人說的。」

周林問：「你怎麼會知道？」

馬蘭說：「我不知道，我只是猜想。因爲也有人對我說過那句話，男人都是一路貨色，看上去形形色色，骨子裏面都一樣。有的是沒完沒了地說話，滿嘴恭維和愛慕的話，說著手伸了過來，先在我手上碰一下，過一會在我頭上拍一下，然後就是摸我的臉了。還有的巧妙一些，說些話來聲東擊西，聽上去什麼意思都沒有，可每句都在試探著我的反應。我還遇到過一上來就把我抱住的人，在一秒鐘以前我還不認識他，他倒像是抱住一個和他一起生活了幾年的女人……」

周林笑了起來，他問馬蘭：

「所以你就覺得我也會說那句話？」

馬蘭看了一會周林，說：

「你還說過更爲拙劣的話。」

周林說：「你別詐我了。」

馬蘭微笑了一下，然後問他：

「你能背誦多少流行歌曲的歌詞？」

周林有些不安了，他不知所措地笑了笑，馬蘭繼續說：

「應該是五六年前，這段時間你經常用流行歌曲的歌詞去勾引女孩，這確實也是手段，對那些十八歲、二十來歲的女孩是不是很有成效？」

周林雙手捏在一起，不解地問她：

「你怎麼連這些都知道？」

馬蘭說：「六年前的夏天你在威海住過？」

周林想了想後說：

「是，是在威海。」

馬蘭說：「我也在威海，我在一家飯店裏見到了你，你和十來個人坐在一起，你們大聲說話，我就坐在你們右邊的桌子旁，你們在一起吵吵鬧鬧，我看到了你。剛開始我只是覺得以前見過你，就是想不起來在什麼地方見過，我不停地去看你，你也開始看我，就這樣我們互相看著對方，我使勁地想你是誰？你呢，開始勾引我了，每次我扭過頭來看你時，你都對我微微一笑。

「直到你同桌的一個人拿著酒杯走到你面前，大聲叫著你的名字，我才知道你是誰，當時我的心都要跳出來了，我怎麼也想不到六年後會在這樣的地方見到你，你的頭髮剪短了，鬍鬚反而留得很長，比頭髮還長。我當時肯定是發怔地看了你很久，你也一直微笑地看著我，你的微笑比剛才更加意味深長。

「我知道你沒有認出來我是誰，要不你不會這樣看著我，你會立刻站起來，喊叫著走過來，你會對我說：『你還認識我嗎？』

「而不是微笑地看著我，我知道這種微笑是什麼意思，我心裏有些吃驚，想不到幾年以後你的臉上出現了這樣的神態。後來我站起來走了出去，走到飯店對面的海堤上，那時候天還沒有黑，我站在堤岸上看著那些在海水中游泳的人，夕陽的光芒照在海面上，出現了一道一道的紅光，隨著波浪起伏著。

「有一個人走到了我身邊，我知道是你，我感覺到你的頭向我低下來一些，我心裏咚咚直跳，我不敢看你，倒不是我太緊張了，我是害怕看到你臉上的微笑，那種勾引女人的微笑。你在我身邊站了一會，你的頭離我的臉很近，我都能夠感受到你呼出的氣息，你那麼站了一會，然後我聽到你說：『我是不是該安靜地走開？』

「你的聲音讓我毛骨悚然，我沒有看你是不願看到你那種微笑，可是你讓我聽到了比那種微笑更叫人難受的聲音。過了一會，你又故作溫柔地說：『我是不是該安靜地走開，還是該勇敢留下來？』

「我全身都繃緊了，你接著說：『難道你現在還不知道，請看我臉上無奈的苦笑。』

「我站在那裏手發抖了，你卻還在說：『雖然我都不說，雖然我都不做，你卻不能不懂。』

「你酸溜溜的聲音讓我牙根都發酸，我轉過身去向前走了，我不想再和你站在一起，可是你跟在了我身後，你說：『就請你給我多一點點時間再多一點點問候，不要一切都帶走。』

「我實在無法忍受了，我轉過身來對你說：『滾開。』

「然後我大步向前走去，我臉上掛著冷笑，我爲自己剛才讓你滾開而感到自豪。」

馬蘭說到這裏停下來看著周林，周林的手在自己臉上摸著，他知道馬蘭正看著自己，就若無其事地笑了笑，馬蘭繼續說：

「僅僅六年時間，你就變成了另外一個人。六年前我們坐在第六層腳手架上，你情緒激昂，時時放聲大笑，說的每一句話都像是喊出來的。六年以後，你酸溜溜地微笑，酸溜溜地說話了，滿嘴的港台歌詞。

「其實我們一起坐在腳手架上時，你已經在勾引我了，你當時反覆對我說，如果我是一個男人該多好，這樣我們就可以躺到一張床上去。當時我很單純，我不知道你說這話時的眞正意思，到後來，也就是幾年以後，我才明白過來，不過絲毫不影響我對你的崇敬和愛慕。直到今天，我還在喜歡當時的你，我總想起你說話時揮舞著雙手，還有長長的頭髮在你額前一甩一甩。」

馬蘭停頓了一下，說道：

「這是美好的記憶。」

周林轉過臉來看著馬蘭，說：

「確實很美好。」

馬蘭接著說：「後來就不美好了。」

周林不再看著馬蘭，他看了自己的皮鞋，馬蘭說：

「我們後來還見過一次，是威海那次見面後兩年……」

「我們還見過一次？」周林有些吃驚。

「是的。」馬蘭說，「也就是四年前，在一個詩歌創作班上，你來給我們講課，那時你已經不留鬍鬚了，你站在講台上，兩隻眼睛瞟來瞟去，顯得心不在焉。這是我第二次聽你講詩歌，第一次在影劇院你面對幾百近千人，這一次只有三十個人聽著你的聲音，你講得有氣無力，中間打了三次呵欠，而且說著時常忘了該說什麼，就問我們：『我說到哪兒啦？』

「講完以後你沒有回家，而是在我們創作班學員的幾個宿舍裏消磨了半夜時光，當然是在女學員的宿舍。有兩次我在走廊上經過，聽到你在裏面和幾個女聲一起笑。到了晚上十一點，我準備上床睡覺時，你來敲門了。

「你微微笑著走了進來，自己動手關上了門，看到我站在床邊，就擺擺手說：『坐下，坐下。』

「我坐下後，你坐在了我對面的床上，問我：『叫什麼名字？』

「我說：『我叫馬蘭。』

「你又問：『是哪裏人？』

「我說：『江蘇人。』

「你點點頭後站了起來，伸手在我臉上扭了一把，同時說：『小臉蛋很漂亮。』

「然後你走了出去。」

「後來……」周林問。「後來我們還見過嗎？」

「見過。」馬蘭回答。

「什麼時候？」周林立刻問道。

馬蘭笑著說：「現在。」

周林沒有笑，他看著窗口，拉開的窗簾沉重地垂在兩邊，屋外的亮光依然很陰沉地掛在玻璃上，通過玻璃，他看到外面天空的顏色更為灰暗了。

馬蘭兩條手臂往上伸去，她脫下了一件毛衣，接著用手整理了一下頭髮，她看到周林額上出現了一些汗珠，就說：

「你脫掉一件毛衣。」

周林用手擦了擦額上的汗，搖著頭說：

「不用，沒關係。」

馬蘭說：「要不關掉電爐？」

說著馬蘭站了起來，準備去拔掉電源插頭，周林伸手擋了一下，他說：

「我不熱。」

馬蘭站在原處看了一會周林，然後坐回到沙發裏，兩個人看著電爐上通紅的火，看了一陣，周林扭過頭來說：

「我是不是該離開了？」

馬蘭看著他沒有說話，周林對她笑了笑，他說：

「其實我不應該來這裏。」

周林說完看看馬蘭，馬蘭還是不說話，周林又說：

「我不知道自己勾引過你三次……其實我骨子裏沒有變，還是十二年前坐在腳手架上的那個長頭髮的人……背誦幾句流行歌詞，伸手在你臉上扭一把都是逢場作戲……你爲什麼不說話？」

馬蘭說：「我在聽你說話。」

周林看了一會通紅的電爐，問馬蘭：

「既然這樣，你爲什麼還讓我來？」

他看到馬蘭笑而不答，就自己回答：

「想看看我第四次是怎麼勾引你的？」

馬蘭這時接過他的話說：

「看看你第四次是怎樣逢場作戲。」

周林聽後高聲笑起來，笑完後他站起身，說：

「我該走了。」

他向床走去，走了兩步回過頭來問馬蘭：

「對了，有一件事我想問一下，十二年前你給我寫信時，爲什麼不說我們曾經坐在腳手架上。」

馬蘭回答：「我以爲你看到我的名字，就會想起來。」

周林點著頭說：「我明白了。」

然後他再次說：「我該走了。」

他看到馬蘭坐在沙發裏沒有動，就問她：

「你不送我了？」

馬蘭微笑地望著他，他也微笑地望著馬蘭，隨後他轉身走到床邊，他往床上看了一會，回過身來對馬蘭說：

「馬蘭，你過來。」

馬蘭在沙發裏望著他，他又說：

「你過來。」

馬蘭這才站起身，走到床邊，周林伸手指了指放在床上的兩件羽絨服，馬蘭看到自己的羽絨服仰躺在那裏，兩隻袖管伸開著，顯得很舒展，而周林的羽絨服則是臥在一旁，周林羽絨服的一隻袖管放在馬蘭羽絨服的胸前。

周林問：「看到了嗎？」

馬蘭笑了起來，周林伸手將馬蘭抱了過來，對她說：

「這就是第四次勾引你。」

馬蘭笑著說：「你的衣服在勾引我的衣服。」

那天下午，周林和馬蘭躺在床上時，周林看到窗台上有一粒布滿灰塵的藍色的鈕扣，鈕扣沒有蜷縮在窗框角上，而是在窗台的中央。它在這樣顯眼的位置上佈滿灰塵，周林心想這扇窗戶很久沒有打開過了，是半年？還是一年？

曾經有一具身體長時間地靠在窗台上，身體離開時鈕扣留下了。鈕扣總是和身體緊密相連，周林看到一段女性的身體被藍色的鈕扣所封鎖，鈕扣脫落時，衣服揚了起來出現了一段身體，就像風吹起樹葉後露出樹幹那樣。

馬蘭對周林說：

「我想看看你的臉。」

周林仰起了臉，馬蘭告訴他不是現在，是在他最爲激動的時候，她想看到他的臉。她說她從未看到過男人在最激動時臉上的神態，以前那些男人在高潮來到時，她指指自己脖子的左側和右側說：

「不是把頭埋在這邊，就是埋在這一邊。」

周林那時雙手撐著自己的身體，他問馬蘭：

「爲什麼要我這樣做？」

馬蘭笑著說：「因爲你會答應我。」

接下去他們什麼話都不說了，他們在充滿著灰塵氣息的床上和被窩裏用身體交流起來，那張床起碼有三個月沒有睡過人了，而且是一張老式的木床，發出嘎吱嘎吱的響聲。過了一段時間，把頭埋在馬蘭脖子左側的周林一下子撐起了身體，仰起頭喊叫一聲：

「快看我的臉。」

馬蘭看到周林緊閉雙眼，臉都有些歪了，他半張著嘴呼哧呼哧地喘氣，喘氣聲裏有著絲絲的雜音。沒一會，周林突然大笑起來，他的頭往下一垂，又埋在了馬蘭脖子的左側，他笑得渾身發抖，馬蘭抱住他也格格笑起來，兩個人在一起大笑了足足五分鐘，才慢慢安靜下來，止住笑以後，周林問馬蘭：

「在我臉上看到了什麼？」

馬蘭說：「你的樣子看上去很痛苦，其實你很快樂。」

周林說：「我用痛苦的方式來表達歡樂。」

「這才是戰慄。」馬蘭說，「我在你臉上看到了戰慄。」

「戰慄？」周林說。「我明白了。」

一九九一年五月

偶然事件

一九八七年九月五日

老闆坐在櫃檯內側，年輕女侍的腰在他頭的附近活動。峽谷咖啡館的顏色如同懸崖的陰影，拒絕戶外的陽光進入。《海邊遐想》從女侍的腰際飄拂而去，在瘦小的「峽谷」裏沉浸和升起。老闆和香菸、咖啡、酒坐在一起，毫無表情地望著自己的「峽谷」。萬寶路的煙霧瀰漫在他臉的四周。一位女侍從身旁走過去，臀部被黑色的布料緊緊圍困。走去時像是一隻掛在樹枝上的蘋果，晃晃悠悠。女侍擁有兩條有力擺動的長腿。上面的皮膚像一張紙一樣整齊，手指可以感覺到肌肉的彈跳（如果手指伸過去）。

一隻高腳杯由一隻指甲血紅的手安排到玻璃櫃上，一隻圓形的酒瓶開始傾斜，於是暗紅色的液體浸入酒杯。是朗姆酒？然後酒杯放入方形的托盤，女侍美妙的身影從櫃檯裏閃出，兩條腿有力地擺動過來。香水的氣息從身旁飄了過去。她走過去了。

酒杯放在桌面上的聲響。

「你不來一杯嗎？」他問。

咳嗽的聲音。那個神色疲倦的男人總在那裏咳嗽。

「不，」他說，「我不喝酒。」

女侍又從身旁走過，兩條腿。托盤已經豎起來，掛在右側腿旁，和腿一起擺動。

那邊兩個男人已經坐了很久，一小時以前他們進來時似乎神色緊張。那個神色疲倦的只要了一杯咖啡；另一個，顯然精心修理過自己的頭髮。這另一個已經要了三杯酒。

現在是〈雨不停心不定〉的時刻，女人的聲音妖氣十足。被遺棄的青菜葉子漂浮在河面上。女人的聲音庸俗不堪。老闆站起來，給自己倒了一杯酒，他朝身邊的女侍望了一眼，目光毫無激情。女侍的目光正往這裏飄揚，她的目光過來是爲了挑逗什麼。

一個身穿眞絲白襯衫的男子推門而入。他帶入些許戶外的喧鬧。他的褲料看上去像是上等好貨，腳蹬一雙黑色羊皮鞋。他進入「峽谷」時的姿態隨意而且熟練。和老闆說了一句話以後，和女侍說了兩句以後，女侍的媚笑由此而生。然後他在斜對面的座位上落座。

一直將秋波送往這裏的女侍，此刻去斜對面蕩漾了。另一女侍將一杯咖啡、一杯酒送到他近旁。

他說：「我希望你也能喝一杯。」

女侍並不逗留，而是扭身走向櫃檯，她的背影招展著某種欲念。她似乎和櫃檯內側的女侍相視而笑。不久之後她轉過身來，手舉一杯酒，向那男人款款而去。那男人將身體挪向裏側，女侍緊挨著坐下。

櫃檯內的女侍此刻再度將目光瞟向這裏。那目光赤裸裸，掩蓋是多餘的東西。老闆打了個呵欠，然後轉回身去按了一下錄音機的按鈕，女人喊聲戛然而止。他換了一盒磁帶。《吉米，來吧》。依然是女人在喊叫。

那個神色疲倦的男人此刻聲音響亮地說：

「你最好別再這樣。」

頭髮漂亮的男人微微一笑，語氣平靜地說：

「你這話應該對他（她）說。」

女侍已經將酒飲畢，她問身穿襯衫的人：

「希望我再喝一杯嗎？」

真絲襯衫搖搖頭：「不麻煩你了。」

女侍微微媚笑，走向了櫃檯。

身穿襯衫者笑著說：「你喝得太快了。」

女侍回首贈送一個媚眼，算是報酬。

櫃檯裏的女侍沒人請她喝酒，所以她瞟向這裏的目光肆無忌憚。

又一位顧客走入「峽谷」。他沒有在櫃檯旁停留，而是走向真絲襯衫者對面的空座。那是一個精神不振的男人，他向輕盈走來的女侍要了一杯飲料。

櫃檯裏的女侍開始向這裏打媚眼了。她期待的東西一目了然。置身男人之中，女人依然會有寂寞難忍的時刻。〈大約在冬季〉。男人感傷時也會讓人手足無措。女侍的目光開始撤離這裏，她也許明白熱情投向這裏將會一無所獲。她的目光開始去別處呼喚男人。她的臉色若無其事。現在她臉上的神色突然緊張起來。她的眼睛驚恐萬分。眼球似乎要突圍而出。她的手摀住了嘴。

「峽谷」裏出現了一聲慘叫。那是男人生命將撕斷時的叫聲。櫃檯內的女侍發出了一聲長嘯，她的身體抖動不已。另一女侍手中的酒杯猝然掉地，她同樣的長嘯掩蓋了玻璃杯破碎的響聲。老闆呆若木雞。

頭髮漂亮的男人此刻倒在地上。他的一條腿還掛在椅子上。胸口插著一把尖刀，他的嘴空洞地張著，呼吸仍在繼續。

那個神色疲倦的男人從椅子上站起來，他走向老闆：

「你這兒有電話嗎？」

老闆驚慌失措地搖搖頭。

男人走出「峽谷」，他站在門外喊叫。

「喂，警察，過來。」

後來的那兩個男人面面相覷。兩位女侍不再喊叫，躲在一旁渾身顫抖。倒在地上的男人依然在呼吸，他胸口的鮮血正使衣服改變顏色。他正低聲呻吟。

警察進來了，出去的男人緊隨而入。警察也大吃一驚。那個男人說：

「我把他殺了。」

警察手足無措地望望他。又看了看老闆。那個男人重又回到剛才的座位上坐下。他顯得疲憊不堪，抬起右手擦著臉上的汗珠。警察還是不知所措，站在那裏東張西望。後來的那兩個男人此刻站起來，準備離開。警察看著他們走到門口。然後喊住他們：

「你們別走。」

那兩個人站住了腳，遲疑不決地望著警察。警察說：

「你們別走。」

那兩個互相看看，隨後走到剛才的座位上坐下。

這時警察才對老闆說：

「你快去報案。」

老闆動作出奇敏捷地出了「峽谷」。

錄音機發出一聲「咔嚓」，磁帶停止了轉動。現在「峽谷」裏所有的人都默不做聲地看著那個垂死之人。那人的呻吟已經終止，呼吸趨向停止。

似乎過去了很久，老闆領來了警察。此刻那人已經死去。那個神色疲倦的人被叫到一個中年警察跟前，中年警察簡單詢問了幾句，便把他帶走。他走出「峽谷」時垂頭喪氣。有一個警察用相機拍下了現場。另一個警察向那兩個男人要去了證件，將他們的姓名、住址記在一張紙上，然後將證件還給他們。警察說：

「需要時會通知你們。」

現在，這個警察朝這裏走來了。

一九八七年九月十日

硯池公寓頂樓西端的房屋被下午的陽光照射著，屋內窗簾緊閉，黑綠的窗簾閃閃爍爍。她坐在沙發裏，手提包擱在腹部，她的右腿架在左腿上，身子微微後仰。

他俯下身去，將手提包放到了茶几上，然後將她的右腿從左腿上取下來。他說：

「有些事只能幹一次，有些則可以不斷重複去幹。」

她將雙手在沙發扶手上攤開，眼睛望著他的額頭。有成熟的皺紋在那裏遊動。鈕扣已經全部解開，他的手伸入毛衣，正將裏面的襯衣從褲子裏拉出來。手像一張紙一樣貼在了皮膚上。如同是一陣風吹來，紙微微掀動，貼著街道開始了慢慢的移動。然後他的手伸了出來。一條手臂伸到她的腿彎裏，另一條從脖頸後繞了過去，插入她右側的胳肢窩，手出現在胸前。她的身體脫離了沙發，往床的方向移過去。

他把她放到了床上，卻並不讓她躺下，一隻手掌在背後制止了她身體的迅速後仰，外衣與身體脫離，飛向床架後就掛在了那裏。接著是毛衣被剝離，也飛向床架。襯衣的鈕扣正在發生變化，從上到下。他的雙手將襯衣攤向兩側。乳罩是最後的障礙。

手先是十分平穩地在背後摸弄，接著發展到了兩側，手開始越來越急躁，對乳罩搭扣的尋找困難重重。

「在什麼地方？」

女子笑而不答。

他的雙手拉住了乳罩。

「別撕。」她說，「在前面。」

搭扣在乳罩的前面。只有找到才能解開。

後來，女子從床上坐起來，十分急切地穿起了衣服。他躺在一旁看著，並不伸手給予幫助。她想「男人只負責脫下衣服，並不負責穿上」。她提著褲子下了床，走向窗戶。穿完衣服以後開始整理頭髮。同時用手掀開窗簾的一角，往樓下看去。隨後放下了窗簾，繼續梳理頭髮。動作明顯緩慢下來。然後她轉過身來，看著他，將茶几上的手提包揹在肩上。她站了一會，重又在沙發上坐下，把手提包擱在腹部。她看著他。

他問：「怎麼，不走了？」

「我丈夫在樓下。」她說。

他從床上下來，走到窗旁，掀開一角窗簾往下望去。一輛電車在街道上駛過，一些行人稀散地布置在街道上。他看到一個男人站在人行道上，正往街對面張望。

陳河站在硯池公寓下的街道上，他和一棵樹站在一起。此刻他正瞇縫著眼睛望著街對面的音像商店。〈雨不停心不定〉從那裏面喊叫出來。曾經在什麼地方聽到過，〈雨不停心不定〉。這曲子似乎和一把刀有關，這曲子確實能使刀閃閃發亮。峽谷咖啡館。在街上走呵走呵，口渴得厲害，進入峽谷咖啡館，要一杯飲料。然後一個人慘叫一聲。只要慘叫一聲，一個人就死了。人了結時十分簡單。〈雨不停心不定〉在峽谷咖啡館裏，使一個人死去，他爲什麼要殺死他？

有一個女人從音像商店門口走過，她的頭微微仰起，她的手甩動得很大，她有點像自己的妻子。有人側過臉去看著她，是一個風騷的女人。她走到了一個郵筒旁，站住了腳。她拉開了提包，從裏面拿出一封信，放入郵筒後繼續前行。

他想起來此刻右側的口袋裏有一封信安睡著。這封信和峽谷咖啡館有關。他爲什麼要殺死他？自己的妻子是在那個拐角處消失的，她和一個急匆匆的男人撞了一下，然後她就消失了。郵筒就在街對面，有一個小孩站在郵筒旁，正在吃糖葫蘆。小孩和它一般高。他從口袋裏拿出了那封信，看了看信封上陌生的名字，然後他朝街對面的郵筒走去。

硯池公寓裏的男人放下了窗簾，對她說：

「他走了。」

一九八七年九月十一日

一群鴿子在對面的屋頂飛了起來，翅膀拍動的聲音來到了江飄站立的窗口。是接近傍晚的時候了，對面的屋頂具有著老式的傾斜。落日的餘暉在灰暗的瓦上飄拂，有瓦楞草迎風搖曳。鴿子就在那裏起飛，點點白色飛向寧靜之藍。事實上，鴿子是在進行晚餐前的盤旋。牠們從這個屋頂起飛，排成屋頂狀的傾斜進行弧形的飛翔。然後又在另一個屋頂上降落，現在是晚餐前的散步。牠們在屋頂的邊緣行走，神態自若。

下面的胡同有一些衣服飄揚著，幾根電線在上面通過。胡同曲折伸去，最後的情景被房屋掩飾，大街在那裏開始。是接近傍晚的時候了。依稀聽到油倒入鍋中的響聲，炒菜的聲響來自另一個位置。幾個人站在胡同的中部大聲說話，晚餐前的無所事事。

她沿著胡同往裏走來，在這接近傍晚的時刻。她沒有必要如此小心翼翼。她應該神態自若。像那些鴿子，牠們此刻又起飛了。她走在大街上的姿態令人難忘，她應該以那樣的姿態走來。那幾個人不再說話，他們看著她。她走過去以後他們仍然看著她。她顯然意識到了這一點，所以她才如此緊張。放心往前走吧，沒人會注意你。那幾個人繼續說話了，現在她該放鬆一點了。可她仍然膽戰心驚。一開始她們都這樣，時間長了她們就會神態自若，像那些鴿子，牠們已經降落在另一個屋頂上了，在邊緣行走，快樂孕育在危險之中。也有一開始就神態自若的，但很少能碰上。她已在胡同裏消失，她現在開始上樓了，但願她別敲錯屋門，否則她會更緊張。第一次幹那種事該小心翼翼，不能有絲毫意外出現。

他離開窗口，向門走去。

她進屋以後神色緊張：「有人看到我了。」

他將一把椅子搬到她身後，說：「坐下吧。」

她坐了下去，繼續說：「有人看到我了。」

「他們不認識你。」他說。

她稍稍平靜下來，開始打量起屋內的擺設，她突然低聲叫道：「窗簾。」

窗簾沒有扯上，此刻窗外有鴿子在飛翔。他朝窗口走去。這是一個失誤。對於這樣的女人來說，一個小小的失誤就會使前程艱難。他扯動了窗簾。

她低聲說：「輕一點。」

屋內的光線驀然暗淡下去。趨向寧靜。他向她走去，她坐在椅子裏的身影顯得模模糊糊。這樣很好。他站在了她的身旁，伸出手去撫摸她的頭髮。女人的頭髮都是一樣的。撫摸需要溫柔地進行，這樣可以使她徹底平靜。

她抬起頭來看著他，他的眼睛閃閃發亮，注意她的呼吸，呼吸開始迅速。現在可以開始了。用手去撫摸她的臉，另一隻手也伸過去，手放在她的眼睛上，讓眼睛閉上，要給予她一片黑暗。只有在黑暗中她才能體會一切。可以騰出一隻手來了，手托住她的下巴，讓她的嘴唇微微翹起，該他的嘴唇移過去了。要用動作來向她顯示虔誠。嘴唇已經接觸。她的身體動了一下。嘴唇與嘴唇先是輕輕的摩擦。她的手伸了過來，抓住了他的手臂。她現在已經脫離了平靜，走向不安，不安是一切的開始。可以抱住她了，嘴唇此刻應該熱情奔放。她的呼吸激動不已。她的丈夫是一個笨蛋，手伸入她衣服，裏面的皮膚很溫暖。她的丈夫是那種不知道女人是什麼的男人，把乳罩往上推去，乳房掉了下來，美妙的沉重。否則她就不會來到這裏。

有敲門聲突然響起。她猛地一把推開了他。他向門口走去，將門打開一條縫。

「你的信。」

他接過信，將門關上，轉回身向她走去。他若無其事地說：「是送信的。」

他將信扔在了寫字台上。

她雙手捣住臉，身體顫抖。

一切又得重新開始。他雙手捧住她的臉，她的手從臉上滑了下去，放在了胸前。他吻她的嘴唇，她的嘴唇已經麻木，這是另一種不安。

她的臉扭向一旁，躲開他的嘴唇，她說：

「我不行了。」

他站起來，走到床旁坐下，他問她：

「想喝點什麼嗎？」

她搖搖頭，說：「我擔心丈夫會找來。」

「不可能。」

「會的，他會找來的。」她說。然後她站起來，「我要走了。」

她走後，他重新拉開了窗簾，站在窗口看起了那些飛翔的鴿子，看了一會才走到寫字台前，拿起了那封信，有時候一張紙就能破壞一切。

陳河致江飄的信

我就是那個九月五日和你一起坐在峽谷咖啡館的人，如果我沒有記錯的話，我倆面對面坐在一起。你好像穿了一件眞絲襯衫，你的皮鞋擦得很亮。我們的鄰座殺死了那個好像穿得很漂亮的男人。警察來了以後就要去了我們的證件，還給我們時把你的還給我把我的還給你。我是今天才發現的所以今天才寄來。我請你也將我的證件給我寄回來，證件裏有我的地址和姓名。地址需要改動一下，不是一〇六號而是一〇七號，雖然一〇六號也能收到但還是改成一〇七號才準確。

我不知道你對峽谷咖啡館的凶殺有什麼看法或者有什麼想法。可能你什麼看法想法也沒有而且早就忘了殺人的事。我是第一次看到一個人殺了另一個人所以念念也忘不了。這幾天我時時刻刻都在想著那椿事，那個被殺的倒在地上一隻腳還掛在椅子上，那個殺人者走到屋外喊警察接著又走回來。我一閉上眼睛就能看到他們，和眞的一模一樣。究竟是什麼原因促使一個男人下決心殺死另一個男人？我已經想了幾天了，我想那兩個男人必定與一個女人有關係。我不知道你是不是同意我的想法。

江飄致陳河的信

你的來信到時，破壞了我的一椿美事。儘管如此，我此刻給你寫信時依然興致勃勃。

警察的疏忽，導致了我們之間的通信。事實上破壞我那樁美事的不是你，而是警察。警察在峽谷咖啡館把我的證件給你時，已經注定了我今天下午的失敗。你讀到這段話時，也許會莫名其妙，也許會心領神會。

關於「峽谷」的凶殺，正如你信上所說，「早就忘了殺人的事」。我沒有理由讓自己的心情變得糟糕。但是你的來信破壞了我多年來培養起來的優雅心情。你將一具血淋淋的屍首放在信封裏寄給我。當然這不是你的錯。是警察的疏忽造成的。然而你「時時刻刻都在想著那件事」，讓我感到你是一個有些特殊的人。你的生活態度使我吃驚，你牢牢記住那些應該遺忘的事，幹嘛要這樣？難道這樣能使你快樂？迅速忘掉那些什麼殺人之類的事，我一想到那些就不舒服。

證件隨信寄上。

陳河致江飄的信

我的準確地址是一〇七號不是一〇六號，雖然也能收到但你下次來信時最好寫成一〇七號。我一遍一遍讀了你的信，你的信寫得眞好。但是你爲何只字不提你對那樁凶殺的看法或者想法呢？那樁凶殺就發生在你的眼皮底下你不會很快忘掉的。我時時刻刻都在想著這樁事，這樁事就像穿在身上的衣服一樣總和我在一起。一個男人殺死另一個男人必定和一個女人有關係，對於這一點我已經堅信不疑並且開始揣想其中的原因。我感到殺人是有殺人理由的，我現在就是在努力尋找那種理由。我希望你能夠和我一起尋找。

一九八七年九月二十九日

一個男孩來到窗前時突然消失，這期間一輛灑水車十分隆重地馳了過來，街兩旁的行人的腿開始了某種驚慌失措的舞動。有樹葉偶爾飄落下來。男孩的頭從窗前伸出來，他似乎看著那輛灑水車遠去，然後小心翼翼地穿越馬路，自行車的鈴聲在他四周迅速飛翔。

他轉過臉來，對她說：

「我已有半年沒到這兒來了。」

她的雙手攤在桌面上，衣袖舒展著倒在附近。她望著他的眼睛，這是屬於那種從容不迫的男人。微笑的眼角有皺紋向四處流去。

近旁有四男三女圍坐在一起。

「喝點啤酒嗎？」

「我不要。」

「你呢？」

「來一杯。」

「我喝雪碧。」

一個結領結的白衣男人將幾盤涼菜放在桌上，然後在餐廳裏曲折離去。
她看著白衣男人離去，同時問：
「這半年你在幹什麼？」
「學會了看手相。」他答。
她將右手微微舉起，欣賞起手指的扭動。他伸手捏住她的手指，將她的手拖到眼前。
「你是一個講究實際的女人。」他說。
「你第一次戀愛是十一歲的時候。」
她微微一笑。
「你時刻都存在著離婚的危險……但是你不會離婚。」
另一個白衣男人來到桌前，遞上一本菜譜。他接過來以後遞給了她。在這空隙裏，他再次將目光送到窗外。有幾個女孩子從這窗外飄然而過，她們的身體還沒有成熟。她們還需要男人哺育。一輛黑色轎車在馬路上駛過。他看到街對面梧桐樹下站著一個男人，那個男人正看著他或者她。他看了那人一會，那人始終沒有將目光移開。
白衣男人離去以後，他轉回臉來，繼續抓住她的手。
「你的感情異常豐富……你的事業和感情緊密相連。」
「生命呢？」她問。
他仔細看了一會，抬起臉說：

「那就更加緊密了。」

近旁的四男三女在說些什麼。

「他只會說話。」一個男人的聲音。

幾個女人咯咯地笑。

「那也不一定。」另一個婦人說，「他還會使用眼睛呢。」

男女混合的笑聲在餐廳裏轟然響起。

「他們都在看著我們呢。」一個女人輕輕說。

「沒事。」男人的聲音。

另一個男人壓低嗓門：「喂，你們知道嗎……」

震耳欲聾的笑聲在廳裏呼嘯而起。他轉過臉去，近旁的四男三女笑得前仰後合。什麼事這麼高興。他想。然後轉回臉去，此刻她正望著窗外。

「什麼事？心不在焉的？」他說。

她轉回了臉，說：「沒什麼。」

「菜怎麼還沒上來。」他嘟噥了一句，接著也將目光送到窗外，剛才那個男人仍然站在原處，仍然望著他或者她。

「那人是誰？」他指著窗外問她。

她眼睛移過去，看到陳河站在街對面的梧桐樹下，他頭頂上有幾根電線通過，背後是一家商店。有一個人抱著一包物品從裏面出來。站在門口猶豫著，是往左走去還是往右走去？陳河始終望著這裏。

「是我丈夫。」她說。

陳河致江飄的信

我九月十三日給你去了一封信如果不出意外你應該收到了，我天天在等著你的來信剛才郵遞員來過了沒有你的來信，你上次的信我始終放在桌子上我一遍一遍看，你的信，眞是寫得太好了你的思想非常了不起。你信上說是警察的疏忽導致我們通信實在是太對了。如果沒有警察的疏忽我就只能一人去想那起凶殺，我感到自己已經發現了一點什麼了。我非常需要你的幫助你的思想太了不起了，我太想我們兩人一起探討那起凶殺這肯定比我一個人想要正確得多，我天天都在盼著你的信我堅信你會來信的。期待你的信。

一九八七年十月八日

位於城市西側江飄的寓所窗簾緊閉。此刻是上午即將結束的時候，一個三十來歲的女子走入了公寓，沿著樓梯往上走去，不久之後她的手已經敲響了江飄的門。敲門聲處於謹慎之中。屋內出現拖遝的腳步聲，聲音向門的方向而來。

江飄把她讓進屋內後，給予她的是大夢初醒的神色。她的到來顯然是江飄意料之外的，或者說江飄很久以前就不再期待她了。

「還在睡。」她說。

江飄把她讓進屋內，繼續躺在床上，側身看著她在沙發裏坐下來。她似乎開始知道穿什麼衣服能讓男人喜歡了。她的頭髮還是披在肩上，頭髮的顏色更加接近黃色了。

「你還沒吃早飯吧？」她問。

江飄點點頭。她穿著緊身褲，可她的腿並不長。她腳上的皮鞋一個月前在某家商店搶購過。她擠在一堆相貌平常的女人裏，汗水正在毀滅她的精心化妝。她的細手裏拿著錢，從女人們的頭髮上伸過去。

——我買一雙。

她從沙發裏站起來，說：「我去替你買早點。」

他沒有絲毫反應，看著她轉身向門走去。她比過去肥碩多了，而且學會了搖擺。她的臀部、腿還沒有長進，這是一個遺憾。她打開了屋門，隨即重又關上，她消失了。這樣的女人並非沒有一點長處。她現在正下樓去，去爲他買早點。

江飄從床上下來，走入廚房洗漱。不久之後她重又來到。那時候江飄已經坐在桌前等早點了。她繼續坐在沙發裏，看著他嘴的咀嚼。

「你沒想到我會來吧。」

他加強了咀嚼的動作。

「事實上我早就想來了。」

他點點頭，表示知道了。

「其實我是順便走過這裏。」她的語氣有些沮喪，「所以就上來看看。」

江飄將食物咽下，然後說：「我知道。」

「你什麼都知道。」她嘆息一聲。

江飄露出滿意的一笑。

「你不會知道的。」她又說。

她在期待反駁。他想。繼續咀嚼下去。

「實話告訴你吧，我不是順路經過這裏。」

她開場白總是沒完沒了。

她看了他一會，又說：「我確實是順路經過這裏。」

是否順路經過這裏並不重要。他站了起來，走向廚房。剛才已經洗過臉了，現在繼續洗臉。待他走出廚房時，屋門再次被敲響。

一個二十四五歲的姑娘飄然而入，她發現屋內坐著一個女人時微微有些驚訝。隨後若無其事地在對面沙發上落座。她有些傲慢地看著她。

表現出吃驚的倒是她。她無法掩飾內心的不滿，她看著江飄。

江飄給她們做介紹。

「這位是我的女朋友。」

「這位是我的女朋友。」

兩位女子互相看了看，沒有任何表示，江飄坐到了床上，心想她們誰先離去。後來的那位顯得落落大方，嘴角始終掛著一絲微笑，她順手從茶几上拿過一本雜誌翻了幾頁。然後問：

「你後來去了沒有？」

江飄回答：「去了。」

後來者年輕漂亮，她顯然不把先來者放在眼裏。她的問話向先來的暗示某種祕密。先來者臉色陰沉。

「昨天你寫信了嗎？」她又問。

江飄拍拍腦袋：「哎呀，忘了。」

她微微一笑，朝先來者望了一眼，又暗示了一個祕密。

「十一月份的計畫不改變吧。」

「不會變。」江飄說。

出現一個未來的祕密。先來的她的臉色開始憤怒。江飄這時轉過臉去：

「你後來去了青島沒有？」

先來者憤怒猶存：「沒去。」

江飄點點頭，然後轉向後來的她。

「我前幾天遇上戴平了。」

「在什麼地方？」她問。

「街上。」

此刻先來者站起來，她說：「我走了。」

江飄站立起來，將她送到屋外。在走道上她怒氣衝衝地問：「她來幹什麼？」

江飄笑而不答。

「她來幹什麼？」她繼續問。

這是明知故問？江飄依然沒有回答。

她在前面憤怒地走著。江飄望著她的脖頸——那裏沒有絲毫光澤。他想起很久以前有一次她也是這樣離去。

來到樓梯口時，她轉過身來臉色鐵青地說：

「我再也不來了。」

江飄笑著說：「你看著辦吧。」

陳河致江飄的信

我越來越覺得你的信是讓郵遞員弄丟掉的，給我們這兒送信的郵遞員已經換了兩個，年齡越換越小。現在的郵遞員是一個喜歡叫叫嚷嚷而不喜歡多走幾步的年輕人。剛才他離去了他一來到整個胡同就要緊張起來他騎著自行車橫衝直撞。我一直站在樓上看著他他離去時手裏還拿著好幾封信。我問他有沒有我的信他頭也不回根本不理睬我。你給我的信肯定是他丟掉的。所以我只能一個人冥思苦想怎麼得不到你那了不起的思想的幫助。雖然我從一開始就感到那起凶殺與一個女人有關，但我並不很輕易地眞正這樣認爲。我是經過反覆思索以後才越來越覺得一個女人參與了那起凶殺。詳細的情況我這裏就不再羅列了那些東西太複雜寫不清楚。我現在的工作是逐步發現其間的一些細微得很的糾纏。基本的線索我已經找到那就是那個被殺的男人勾引了殺人者的妻子，殺人者一再警告被殺者可是一點作用也沒有於是只能殺人了。我曾經小心翼翼地去問過我的兩個鄰居如果他們的妻子被別人勾引他們怎麼辦他們對我的問話表示了很不耐煩但他們還是回答了我對他們的回答使我吃驚他們說如果那樣的話他們就離婚，他們一定將我的問話告訴了他們的妻子所以他們的妻子遇上我時讓我感到她們仇恨滿腔。我一直感到他們的回答太輕鬆只是離婚而已。他們的妻子被別人勾引他們怎麼會不憤怒這一點使人難以相信，也許他們還沒到那時候所以他們回答這個問題時很輕鬆。我不知道你遇到這種情況會怎麼樣，實在抱歉我不該問這樣倒楣的問題，可我實在太想知道你的態度了，你不會很隨便對待我這個問題的，我知道你是一個很有思想的人你的回答對我肯定有很大幫助。

期待你的信。

江飄致陳河的信

你爲我提供了一個掩飾自己的機會，即使我完全可以承認自己曾給你寫過兩封信，其中一封讓郵遞員弄丟了，但我並不想利用這樣的機會，我倒不是爲給郵遞員平反昭雪，而是我重新讀了你的所有來信，你的信使我感動。你是我遇上的最爲認眞的人。那起凶殺案我確實早已遺忘，但你的不斷來信使我的記憶死灰復燃。對那起凶殺案我現在也開始記憶猶新了。

你在信尾向我提出一個頗有意思的問題，即我的妻子一旦被別人勾引我將怎麼辦？我的回答也許和你的鄰居一樣會令你失望。我沒有妻子，我曾努力設想自己有一位妻子。而且被別人勾引了，從而將自己推到怎麼辦的處境裏去。但是這樣做使我感到是有意爲之。你是一個嚴肅的人，所以我不能隨便尋找一個答案對付你。我的回答只能是，我沒有妻子。

你的鄰居的回答使你感到一種不負責任的輕鬆，他們的態度僅僅只是離婚，你就覺得他們怎麼會不憤怒，這一點我很難同意。因爲我覺得離婚也是一種憤怒。我理解你的意思。你顯然認爲只有殺死人是一種憤怒，而且是最爲極端的憤怒。但同時你也應該看到還有一種較爲溫和的憤怒，即離婚。

另外還有一點，你認爲一個男人殺死另一個男人，必定和一個女人有關。這似乎有些武斷。男人有時因爲口角就會殺人，況且還存在著多種可能，譬如謀錢害命之類的。或者他們倆共同參與某樁事，後因意見不合也會殺人。總之峽谷咖啡館的凶殺的背景是多種多樣的，不能只用一種來下結論。

陳河致江飄的信

終於收到了你的來信你的信還是寄到一○六號沒寄到一○七號但我還是收到了。我非常高興終於有一個來和我討論那起凶殺的人了，你的見解非常有意思你和我的鄰居完全不一樣，我沒法和他們討論什麼但能和你討論。

你信上說離婚也是一種憤怒我想了很久以後還是不能同意。因爲離婚是一種讓人高興的事總算能夠扔掉什麼了。這是一般說法上的離婚，特殊的情況也不是沒有但那不是憤怒而是痛苦，離婚只有兩種，即興奮和痛苦兩種而沒有什麼憤怒的離婚當然有時候會有一點氣憤。

你信上羅列了一個男人殺死另一個男人時的多種背景的可能我是同意的，你那兩個詞用得太好了就是背景與可能。這兩個詞我一看就能明白你用詞非常準確，一個男人確實會因為口角或者謀財和共同參與某樁事有了意見而去殺死另一個男人。峽谷咖啡館的那起凶殺卻要比你想的嚴重得多那起凶殺一定和一個女人有關，你應該記得殺人者殺死人以後並不是匆忙逃跑而是去叫警察，他肯定做好了同歸於盡的準備。這種同歸於盡的凶殺不可能只是因為口角或者謀財必定和一個女人有關。被殺者勾引了殺人者的妻子殺人者屢次警告都沒有用殺人者絕望以後才決定同歸於盡的。

你回答我最後一個問題時說你沒有妻子，這個回答很好，我一點也沒有失望。你的認眞態度使我非常高興。你沒有妻子的回答讓我知道了你為何不同意我的說法即一個男人殺死另一個男人必定和一個女人有關，沒有妻子的男人與有妻子的男人在討論一起凶殺時有點分歧很正常，不會影響我們繼續討論下去的，我這樣想，我想你也會同意的。

期待你的信。

江飄致陳河的信

你用殺人者同歸於盡的做法仍然難以說明，即說明那起凶殺與一個女人有關。首先我準備提醒你的是同歸於盡的做法是很常見的，並非一定與女人有關。我不知道你為何總是把凶殺與女人扯在一起，反正我不喜歡這樣。男人和女人交往是為了尋求共同的快樂，可不是為了凶殺。我不喜歡你的推斷是因為你把男女之間的美妙交往搞得過於鮮血淋淋了。

我沒有妻子的回答，與我不同意你將凶殺與女人扯在一起的推斷毫無關係。你的話讓我感到自己沒有妻子就無法瞭解那起凶殺的眞相似的，雖然我沒有妻子，但我可以告訴你我有女人。你我都是擁有女人的男人，這一點我們是一樣的。但是你我之間存在一個最大的分歧，你認爲同歸於盡的凶殺必定與女人有關，我則恰恰相反。一個男人因爲自己的妻子被別人勾引，從而去與勾引者同歸於盡。這種說法太簡單了，像是小說。你應該認識這種勾引是需要一個過程的，不管這個過程是長是短，作爲丈夫的有足夠的時間來設計謀殺，從而將自己的殺人行爲掩蓋起來。他完全沒有必要選擇同歸於盡的方法，這實在是愚蠢。事實上男人因爲女人去殺人本身就愚蠢。

其實你我兩人永遠也無法瞭解那起凶殺的眞相，我們只能猜測，如果想使我們猜測更加符合事實眞相，最好的辦法是設計出多種殺人的可能性，而不只是情殺一種。這倒是一件挺有意思的事。也是消磨時光的另一種好辦法。我樂意與你分析討論下去。

陳河致江飄的信

我非常高興你的信總算寄到了一〇七號而不是一〇六號，我收到時非常高興。你非常坦率你願意和我分析與討論下去的話使我激動不已雖然我們之間有分歧其實只有分歧才能討論下去如果意見一致就沒有必要討論了。

你說你有女人但沒有妻子使我吃了一驚我想你是有未婚妻吧，你什麼時候結婚？結婚時別忘了告訴我。我要來祝賀，我現在非常想見到你。

你的信我反覆閱讀讀得如飢似渴我承認你的話有道理有些地方很對，我反覆想了很久還是覺得那起凶殺與女人有關我實在想不出更有說服力的凶殺了。請你原諒你信上的很多話都過於輕率了你認爲那個男人有足夠時間來設計謀殺「從而將自己的殺人行爲掩蓋起來」，這不是沒有道理但是你疏忽了重要的一條，那就是同歸於盡的凶殺的原因是因爲殺人者徹底絕望。殺人者並非全都是歹徒都是殺人成性的也有被逼上絕路的殺人者。峽谷咖啡館的殺人者何嘗不想保護自己但是他徹底絕望了，他覺得活在世上已經沒有什麼意思了。在他妻子被別人勾引時他是非常痛苦的，他曾想利用一種和平的方法來解決問題，他肯定時常一人在城市裏到處亂走，他的妻子不在家裏，正與一個男人幽會，而他則在街上孤零零走著心裏想著和妻子初戀時的情景。他肯定希望過去的美好生活重新開始只要他的妻子能夠回心轉意或者那個勾引者良心發現。但是他努力的結果卻並不是這樣，他的妻子已經不可能回心轉意而那個勾引者則拒絕停止勾引，妻子已經不可能再回到家中與他團聚生活了，希望已經破滅，這樣就將他推到了絕望的處境裏去了。他的憤怒就這樣產生，他不願意離婚，因爲離婚以後他也不可能幸福。

他今後的生活注定要悲慘所以他就決定與勾引者同歸於盡反正他也不想活了。

江飄致陳河的信

你有關那起凶殺的分析初看起來無懈可擊，事實上只是你一廂情願的猜測，我發現你對別人的分析缺乏必要的客觀，你似乎喜歡將你對自己的瞭解套到別人身上去。譬如當你知道我有女人時你就斷定這個女人是我的未婚妻。你關於未婚妻的說法只是猜測而已，就像你對那起凶殺的猜測一樣，而事實則是我有女人，至於這個女人是否會成爲我的妻子連我也不知道，你爲什麼不想想這個女人沒準是別人的妻子呢？不要把自己的精力只花在一種可能性上，這樣只能使你離事實的眞相越來越遠。

事實上你對那起凶殺的分析並非無懈可擊，我可以十分輕鬆地做出另一種分析。即使我同意峽谷咖啡館的凶殺是情殺，也仍然可以推倒你的結論。首先一點，那個殺人者的妻子眞的與人私通的話，那麼你是否可以斷定她只和一個男人私通呢？與許多男人私通的女人我見得多了，在城市的大街上到處都有。這種女人的丈夫最多只能猜測到這一點，而無法得到與妻子私通的全部名單。如果這樣的丈夫一旦如你所說「憤怒」起來的話，那麼他第一個選擇要殺的只有他的妻子，而不會是別人，退一步說，即使他的妻子只和一個男人私通，究竟是誰殺害誰是無法說清的，所以他要殺或者應該殺的還是他的妻子。我這樣說並不是鼓勵那些丈夫都去殺害他們有私通嫌疑的妻子，我不希望把那些可愛的女人搞得膽戰心驚，從而使我們男人的生活變得枯燥乏味。

陳河致江飄的信

你每封信都寫得那麼漂亮那麼深刻我漸漸能夠瞭解到一點你的爲人了，我感到你確實是與我不一樣的人太不一樣了你是那種生活得非常好的人，你什麼也不在乎。

你雖然做出了讓步同意峽谷咖啡館的凶殺是情殺這使我很高興你最後的結論還是否定了是情殺，你的結論是殺人者的妻子與人私通，我不喜歡私通這個詞。殺人者的妻子被人勾引殺人者應該殺他妻子，可是峽谷咖啡館的凶殺卻是一個男人死去不是女人死去。所以你也就否定了我的推斷我覺得自己應該和你辯論下去。

你是否考慮到凶手非常愛自己的妻子，如果他不愛自己的妻子他就不會憤怒地去殺人他完全可以離婚。可是他太愛自己的妻子，這種愛使他最終絕望所以他選擇的方式是同歸於盡因爲那種愛使他無法殺害自己的妻子他怎麼也下不了手。但他的憤怒又無法讓他平靜因此他殺死了勾引者這是理所當然的，我上封信已經說過促使他殺人的就是因爲絕望和憤怒而導致這種絕望和憤怒的就是他對自己妻子的愛。這種愛你不會知道的請你原諒我這麼說。

一九八七年十一月三日

那個頭髮微黃的男孩站在一根水泥電線杆下面，朝馬路兩端張望。她在遠處看到了這個情景。他在電話裏告訴她，他將在胡同口迎接她。此刻他站在那裏顯得迫不及待。現在他看到她了。

她走到了他的眼前，他的臉頰十分紅潤，在陽光裏急躁不安地向她微笑。近旁有一個身穿牛仔的年輕人正無聊地盯著她，年輕人坐在一家私人旅店的門口，和一張醫治痔瘡的廣告挨得很近。

他轉過身去走進胡同，她在那裏停留了一會，看了看一個門牌，然後也走入了胡同。她看著他往前走去時雙腿微微有些顫抖，她內心的微笑便由此而生。

他的身影鑽入了一幢五層的樓房，她來到樓房口時再度停留了一下，她的身體轉了過去，目光迅速伸展，胡同口有人影和車影閃閃發亮。接著她也鑽入樓房。

在四層的右側有一扇房門虛掩著，她推門而入。她一進入屋內便被一雙手緊緊抱住。手在她全身各個部位來回捏動。她想起那個眼睛通紅的推拿科醫生，和那家門前有雕塑的醫院。她感到房間裏十分明亮。因此她的眼睛去尋找窗戶。

她一把推開他：

「怎麼沒有窗簾？」

他的房間裏沒有窗簾，他扭過頭看看光亮洶湧而入的窗戶，接著轉過頭來說：

「沒人會看到。」

他繼續去抱她。她將身體閃開。她說：

「不行。」

他沒有理會，依然撲上去抱住了她。她身體往下使勁一沉，掙脫了他的雙手。

「我說不行就是不行。」

她十分嚴肅地告訴他。

他急躁不安地說：「那怎麼辦？」

她在一把椅子裏坐下來，說：「我們聊天吧。」

他繼續說：「那怎麼辦？」他對聊天顯然沒興趣。他看看窗戶，又看看她，「沒人會看到我們的。」

她搖搖頭，依然說：「不行。」

「可是……」他看著窗戶，「如果把它遮住呢？」他問她。

她微微一笑，還是說：「我們聊天吧。」

他搖搖頭，「不，我要把它遮住。」他站在那裏四處張望。他發現床單可以利用，於是他立刻將枕頭和被子扔到了沙發裏，將床單掀出。

她看著他拖著床單走向窗口，那樣子滑稽可笑。他又拖著床單離開窗口。將一把椅子搬了過去。他從椅子爬到窗台上，打開上面的窗戶，將床單放上去，緊接著又關上窗戶，夾住了床單。

現在房間變得暗淡了，他從窗台上跳下來。「現在行了吧？」他說著要去摟抱她。她伸出雙手抵擋。她說：「去洗手。」

他的激情再次受到挫折，但他迅速走入廚房。只是瞬間工夫。他重又出現在她眼前。這一次她讓他抱住了。但她看著花裏胡哨的被褥仍然有些猶豫不決。她說：

「我不習慣在被褥上。」

「去你的。」他說，他把她從椅子裏抱了出來。

一九八七年十一月五日

江飄坐在公園的椅子上，他的前面是一塊草地和幾棵樹木，陽光將他和草地樹木連成一片。

「這天要下雪了。」他說。

和他坐在一起的是一位年輕女人，秋天的風將她的頭髮吹到了江飄的臉上。飛雪來臨的時刻尚未成熟。江飄的虛張聲勢使她愉快地笑起來。

「你是一個奇怪的人。」她說。

江飄轉過臉去說：「你的頭髮使我感到臉上長滿青草。」

她微微一笑，將身體稍稍挪開了一些地方。

「別這樣。」他說，「沒有青草太荒涼了。」他的身體挪了過去。

「有些事情眞是出乎意料。」她說，「我怎麼會和一個陌生的男人坐在一起？」她裝出一副吃驚的模樣。

「事實上我早就認識你了。」江飄說。

「我怎麼不知道？」她依然故作驚奇。

「而且我都覺得和你生活了很多年。」

「你眞會開玩笑。」她說。

「我對你了如指掌。」

她不再說什麼，看著遠處一條小道上的行人然後嘆息了一聲：「我怎麼會和你坐在一起呢？」

「你沒有和我坐在一起，是我和你坐在一起。」

「這種時候別開玩笑。」

「我是在陳述一個事實。」

「我一般不太和你們男人說話。」她轉過臉去看著他。

「看得出來。」他說，「你是那種文靜內向的女子。」他心想，你們女人都喜歡爭辯。

她顯得很安靜。她說：「這陽光眞好。」

他看著她的手，手沉浸在陽光的明亮之中。

「陽光在你手上爬動。」他伸過手去，將食指從她手心裏移動過去，「是這樣爬動的。」

她沒有任何反應，他的手指移出了她的手掌，掉落在她的大腿上。他將手掌鋪在她腿上，摸過去，「在這裏，陽光是一大片地爬過去。」

她依然沒有反應，他縮回了手，將手放到她背脊上，繼續撫摸，「陽光在這裏是來回移動。」

他看到她神色有些迷惘，輕聲問：「你在想什麼？」

她扭過頭來說：「我在感覺陽光的爬動。」

他控制住油然而生的微笑，伸出去另一隻手，將手貼在了她的臉上，手開始輕微地捏起來，「陽光有時會很強烈。」

她紋絲未動。他將手摸到了她的嘴唇，開始輕輕掀動她的嘴唇。

「這是陽光嗎？」她問。

「不是。」他將自己的嘴湊過去，「已經不是了。」她的頭擺動幾下後就接納了他的嘴唇。

後來，他對她說：「去我家坐坐吧。」

她沒有立刻回答。

他繼續說：「我有一個很好的家，很安靜，除了光亮從窗戶裏進來——」他捏住了她的手。「不會有別的什麼來打擾……」他捏住了她另一隻手，「如果拉上窗簾，那就什麼也沒有了。」

「有音樂嗎？」她問。

「當然有。」

他們站了起來，她說：「我非常喜歡音樂。」他們走向公園的出口。

「你丈夫喜歡音樂嗎？」

「我沒有丈夫。」她說。

「離婚了？」

「不，我還沒結婚。」

他點點頭，繼續往前走去。走到公園門口的大街上時，他站住了腳。他問：「你住在什麼地方？」

「西區。」她答。

「那你應該坐五十七路電車，」他用手往右前方指過去，「到那個郵筒旁去坐車。」

「我知道。」她說，她有些迷惑地望著他。

「那就再見了。」他向她揮揮手，逕自走去。

陳河致江飄的信

我一直在期待著你的來信。我懷疑你將信寄到一〇六號去了。一〇六號住著一個孤僻的老頭他一定收到你的信了。他這幾天見到我時總鬼鬼祟祟的。今天我終於去問他他那兒有沒有我的信？他一聽這話就立刻轉身進屋再也沒有出來，他裝著沒有聽到我的話我非常氣憤，可一點辦法也沒有。今天我一天都守候在窗前看他是不是偷偷出來將信扔掉。那老頭出來幾次有兩次還朝我的窗口看上一眼但我沒看到他手裏拿著信也許他早就扔掉了。

　　現在峽谷咖啡館的凶殺對我來說已經非常明朗我曾經試圖去想出另外幾種殺人可能，然而都沒有情殺來得有說服力。另外幾種殺人有可能都不至於使殺人者甘願同歸於盡，只有情殺才會那樣，別的都不太可能。

　　我前幾次給你去的信好像已經提到殺人者早就知道被殺者勾引了他的妻子，是的，他早就知道了。所以他早就暗暗盯上了被殺者，在大街上在電車裏在商店在劇院他始終盯著他，有好幾次他親眼看到妻子與他約會的場景。妻子站在大街上一棵樹旁等著一輛電車來到，也就是等著被殺者來到，他親眼看著被殺者走下電車走向他妻子。被殺者伸手摟住他的妻子兩人一起往前走去。這情景和他與妻子初戀時的情景一模一樣他非常痛苦，要命的是這種情景他常常會碰上因此他必定異常憤怒。憤怒使他產生了殺人的欲望他便準備了一把刀。所以當他後來再在暗中盯住勾引他妻子的人時懷裏已經有了把刀。

　　勾引者常常去峽谷咖啡館這一點他早就知道了。當這一天勾引者走入峽谷咖啡館時他也尾隨而入。他在勾引者對面坐下來，他是第一次和勾引者挨得這麼近臉對著臉。他看到勾引者的頭髮梳理得很漂亮臉上擦著一種很香的東西，他從心裏討厭憎惡這樣的男人。他和勾引者說的第一句話是他是誰的丈夫，勾引者聽到這句話時顯然吃了一驚，因爲勾引者事先一點準備也沒有。因此他肯定要吃驚一下。但是勾引者是那種非常老練的男人，他並沒有驚慌失措他很可能回過頭去看看以此來讓人感到他以爲殺人者是在和別人說話。當他轉回頭後已經不再吃驚而是很平靜地看了殺人者一眼，繼續喝自己的咖啡。殺人者又說了一遍他是誰的丈夫？勾引者抬起頭來問他你是在和我說話嗎勾引者裝出一副吃驚的樣子這次吃驚和第一次吃驚已經完全不一樣了。殺人者此刻顯然已經很憤怒了他的手很可能去摸了摸懷裏藏著的刀但他還是壓住憤怒問他是否認識他的妻子，他說出了妻子的名字。勾引者裝著很迷惑的樣子搖搖頭說他從未聽到過這樣的名字他顯然想抵賴下去。殺人者說出了勾引者的姓名住址和工作單位他告訴勾引者他早就盯上他了繼續抵賴下去毫無必要勾引者不再說話他似乎是在考慮對策。這個時候殺人者就要勾引者別再和他妻子來往他告訴了勾引者以前他的生活是多麼幸福可自從勾引者的出現這一切全完了他甚至哀求勾引者將妻子還給他。勾引者聽完他的話以後告訴他他說的有關他妻子的話使他莫名其妙他再次說他從未聽說過他妻子的名字更不用說認識了勾引者已經決定抵賴到底了。他聽完勾引者的話絕望無比那時候他的憤怒已經無法壓制所以他拿出了懷裏的刀向勾引者刺去後來的情景我們都看到了。

江飄致陳河的信

來信收到，你的固執使任何人都無可奈何。我不明白你對情殺怎麼會如此心醉神迷。儘管你也進行了另外可能性的思考，你的本質卻使你從一開始就認定那是情殺，別的所有思考都不過是裝腔作勢，或者自欺欺人而已。

前面你的信你已經分析了殺人者的動機，這封信你連殺人過程也羅列了出來，我讀完了你的信，如同讀完了一篇小說。應該說我津津有味。可我怎麼也說服不了自己：我讀的不是小說，是一起凶殺案件檔案。因爲你的分析裏有一個十分大的漏洞，這個漏洞不僅使我，也許會使別人都感到你的分析實在難以眞實可信。

你對峽谷咖啡館凶殺的分析，雖然連一些細節都沒有放過，卻放過了一個最大的，那就是凶手選擇的是同歸於盡的方法。你仔細分析了凶手怎麼會隨身帶刀——這一點很好。你把凶手和被殺者在峽谷咖啡館見面安排成第一次，也就是說他們是首次見面並且交談。這便是缺陷所在。在你的分析裏凶手走進峽谷咖啡館，在被殺者對面坐下來時顯然並不想殺害對方，雖然他帶著刀。那時候凶手顯然想說服對方，他先是要求，後是哀求，希望對方別再和自己的妻子來往，而且還令人感動地說了一通自己和妻子的初戀。在你的分析裏，凶手還期望過去的美好生活重新開始。然而由於被殺者缺乏必要的明智——順便說了一句，如果是我的話，會立刻同意凶手的全部要求，並且會說到做到，因爲這實在是甩掉一個女人的大好時機。可是被殺者顯然有些愚蠢，所以他便被殺了。

我倒並不是說凶手那時還不具備殺人的理由，凶手已經被激怒了，所以他殺人是必然的。問題在於你分析中的殺人是即興爆發的，凶手在走入咖啡館時還不想殺人——你在分析裏已經證實了這一點，所以他的殺人是由於一時爆發出來的憤怒造成的。然而峽谷咖啡館的凶殺者卻是十分冷靜，他殺人之後一點也不驚慌，而去叫警察。可以說那時候我們都還沒有反應過來。因此咖啡館的凶殺很可能是預先就設計好的，當凶手走入咖啡館時就知道自己要殺人了。相反，假若是即興地殺人，那麼凶手就不會那麼冷靜，他應該是驚慌失措，起碼也得目瞪口呆一陣子，他一下子反應不過來自己幹了些什麼。而事實卻是凶手十分冷靜，驚慌失措和目瞪口呆的是我們。

峽谷咖啡館的事實證明了凶殺是事先準備好的，你的分析卻否定了這一點。所以你的分析無法使人可信。

陳河致江飄的信

我仔仔細細讀了好幾遍你的信寫得太好了你眞是一個了不起的人你的目光太敏銳了。我完全同意你信中的分析那確實是一個非常大的漏洞大得嚇了我一跳。我越來越感到沒有你的援助我也許永遠也沒辦法眞正分析出咖啡館的那起凶殺的眞相我怎麼會把最關鍵的同歸於盡疏忽了眞是要命我要懲罰自己。

確實如此凶手在走進咖啡館之前已經和被殺者見過面交談過了而且不止一次。凶手盯住被殺者已經很長時間了他已經確認被殺者就是勾引他妻子破壞他幸福生活的人所以他不會不找他。他找了被殺者好幾次該說的話都說了，可被殺者總是拚命抵賴什麼也不承認即便抵賴他還可以容忍問題是被殺者在抵賴的同時繼續勾引他的妻子這一切全讓他暗暗看在眼裏。他後來開始明白一切都無法挽回了妻子不可能再像過去那樣愛他了一切都完了。他曾經設計了好幾種殺勾引者的方法都可以使自己逃掉不讓別人發現但他最後都否定了因爲他覺得自己即使逃掉也沒有什麼意思妻子不可能回心轉意他對生活已經徹底絕望所以還不如同歸於盡活著沒意思還不如死。他選擇了峽谷咖啡館因爲他發現勾引者常去那裏他就決定在那裏動手。他搞到了一把刀放在懷裏繼續盯著勾引者走入咖啡館時他也走了進去在對面坐下。被殺者看到他時顯然吃了一驚，但被殺者並未想到自己死期臨近了凶手顯然臉色非常難看但他依然沒有放進心裏去因爲前幾次凶手去找他時臉色同樣非常難看所以他以爲凶手又來懇求了他一點防備也沒有他被凶手一刀刺中時可能還不知道發生了什麼可能他到死都還沒有明白過來究竟發生了什麼。

江飄致陳河的信

你這次的分析開始合情合理了，但你還是疏忽了一點，事實上這個疏忽在你上封信裏就有了，我當初沒有發現，剛才讀完你的信時才意識到。我記得峽谷咖啡館的凶殺是發生在九月初，我記得自己是穿著汗衫坐在那裏的，不知道你是穿著什麼衣服？那個時候人最多只能穿一件襯衣，所以你分析説凶手將刀放在懷裏不太可信。將刀放在懷裏，一般穿比較厚的衣服才可能，而汗衫和襯衣的話，刀不太好放，一旦放進去特別顯眼。我想凶手是將刀放在手提包中的，如果凶手沒有帶手提包，那麼他就是將刀放在褲袋裏，有些褲袋是很大的，放一把刀綽綽有餘。不知道你是否注意到當初凶手是穿什麼褲子？或者是不是帶了手提包？

陳河致江飄的信

我非常同意你的信你對那把刀的發現實在太重要了。確實刀應該放在褲袋裏我記得凶手沒有帶手提包他被警察帶走時我看了他一眼他兩手空空。你兩次來信糾正了我分析裏的錯誤使我感到一切都完美起來了。凶手走入峽谷咖啡館時將刀放在褲袋裏而不是懷裏這樣一來那起凶殺就不會再有什麼漏洞了。我現在非常興奮經過這麼多天來的仔細分析總算得出了一個使我滿意的結局這是我盼望已久的。但不知爲何我現在又有些洩氣似乎該幹的事都幹完了接下去什麼事也沒有了我不知道以後是否還能遇上這樣的凶殺我現在的心情開始有些壓抑心情特別無聊覺得一切都在變得沒意思起來。

江飄致陳河的信

來信收到，你的情緒突變我感到十分有意思。你對那起凶殺太樂觀了，所以要樂極生悲，你開始感到無聊了。事實上那起凶殺的討論永遠無法結束。除非我們兩人中有一人死去。

雖然你現在的分析已經趨向完美，但並不是沒有一點漏洞。首先你將那起凶殺定爲情殺還缺少必要依據，完全是由於你那種不講道理的固執，你認爲那一定是情殺。你只給了我一個結論，並沒有給我證據。如果現在放棄情殺的結論，去尋找另一種殺人動機，那麼你又將有事可幹了，我現在還堅持以前的觀點：男人和女人交往是爲了尋求共同的快樂，不是爲了找死。鑑於你對情殺有著古怪的如痴如醉，我尊重你所以也同意那是情殺。

就是將那起凶殺定爲情殺，也不是已經無法討論下去了。有一個前提你應該重視，那就是被殺者的妻子究竟只和一個男人私通呢，還是和很多男人同時私通。你認爲只和一個男人私通，你的分析說明了這一點。但是你忘了重要的一點。一般女人只和一個男人私通的，都不願與丈夫繼續生活下去。她會從各方面感覺到私通者勝過自己丈夫，所以她必然要提出離婚。而與許多男人私通的女人，只是爲了尋求刺激，她們一般不會離婚。你分析中的女人只和一個男人私通，我奇怪她爲何不提出離婚。既然她不提出離婚，那麼她很可能與別的很多男人也私通。如果和很多男人私通，那麼她的丈夫就難找到私通者，他會隱隱約約感到私通者都是些什麼人，但他很難確定。他的妻子肯定是變化多端，讓他捉摸不透。在這種情況下，他要殺的只能是自己的妻子，而不會是別人。

事實上，殺人是一種愚蠢的行爲，他最好的報復行爲是：他也去私通，並且盡量在數量上超過妻子。這樣的話，對人對己都是十分有利的。

一九八七年十一月二十三日

露天餐廳裏有一支輕音樂在遊來遊去，夜色已經降臨，陳河與一位披髮女子坐在一起，他們喝著同樣的啤酒。

「我有一位朋友。」陳河說，「總是有不少女人去找他。」

女子將手臂支在餐桌上，手掌托住下巴似聽非聽地望著他。

「是不是有很多男人去找過你？」

「是這樣。」女子變換了一個動作。將身體靠到椅背上去。

「你不討厭他們嗎？」

「有些討厭，有些並不討厭。」女子回答。

陳河沉吟了片刻，說：「像我這樣的人大概不討厭吧。」

女子笑而不答。

陳河繼續說：「我那位朋友有很多女人，我不理解他爲什麼要這樣。」

女子點點頭：「我也不理解。」

「男人和女人之間爲何非要那樣。」

「是的。」女子說，「我和你一樣。」

「我希望有一種嚴肅的關係。」

「你想的和我一樣。」女子表示贊同。

陳河不再往下說，他發現說的話與自己此刻的目標南轅北轍。

女子則繼續說：「我討厭男女之間的關係過於隨便。」

陳河感到話題有些不妙，他試圖糾正過來。他說：「不過男女之間的關係也不要太緊張。」

女子點頭同意。

「我不反對男女之間的緊密交往，甚至發生一些什麼。」陳河說完小心翼翼地望著她。

她拿起酒杯喝了一口，然後重又放下。她沒有任何表示。

後來，他們站了起來，離開露天餐廳，沿著一條樹木茂盛的小道走去，他們走到一塊草地旁站住了腳。陳河說：「進去坐一會吧。」他們走向了草地。

他們在草地上坐下來，他們的身旁是樹木，稀疏地環繞著他們。月光照射過來，十分寧靜。

有行人偶爾走過，腳步聲清晰可辨。

「這夜色太好了。」陳河說。

女子無聲地笑了笑，將雙腿在草地上放平。

「草也不錯。」陳河摸著草繼續說。

他看到風將女子的頭髮吹拂起來，他伸手捏住她的一撮頭髮，小心翼翼地問：

「可以嗎？」

女子微微一笑：「可以。」

他便將身體移過去一點，另一隻手也去撫弄頭髮。他將頭髮放到自己的臉上，聞到一絲淡淡的香味。他抬起頭看看她，她正沉思著望著別處。

「你在想什麼？」他輕聲問。

「我在感覺。」她說。

「說得太好了。」他說著繼續將她的頭髮貼到臉上。他說：「眞是太好了，這夜色太好了。」

她突然笑了起來，她說：「我還以爲你在說頭髮太好了。」

他急忙說：「你的頭髮也非常好。」

「與夜色相比呢？」她問。

「比夜色還好。」他立刻回答。

現在他的手開始去撫摸她的全部頭髮了，偶爾還碰一下她的臉。他的手開始往下延伸去撫摸她的脖頸。

她又笑了起來，說：「現在下去了。」

他的手掌貼在了她的脖頸處，不停地撫摸。

她繼續笑著，她說：「待會兒要來到臉上了。」

他的手摸到了她的臉上，從眼睛到了鼻子，又從鼻子到了嘴唇。他說：「眞是太好了，這夜色實在是好。」

她再次突然笑了起來，她說：「我又錯了，我以爲你在誇獎我的臉。」

他急忙說：「你的臉色非常好。」

「算了吧。」她一把推開他。他的手掌繼續伸過去，被她的手擋開，她問：「你剛才在餐廳裏說了些什麼？」

他有些不知所措地望著她。

「你說的話和你的行爲不一樣。」

他想辯解，卻又無話可說。

他站了起來，看著她離開草地，站到路旁去攔截出租汽車。她的手在揮動。

陳河致江飄的信

收到你的信已經有好幾天了一直沒有回信的原因是我一直在思考那起凶殺我開始重新思考了。你認爲殺人者的妻子同時與幾個男人私通現在我也用私通這個詞了我覺得不是不可能。其實你在前幾封信中已經提到這個問題了當初我心裏也不是完全排斥我只是覺得與一個人私通的可能性更大一點。現在我已經同意你的分析同意殺人者的妻子同時與幾個男人私通。你的分析非常可信殺人者的妻子與幾個男人私通的話他確實很難確定那些私通者。這麼看來殺人者長期盯住的不會是私通者而是他妻子由於他妻子和幾個男人私通所以他有時會被搞糊塗因爲他妻子一會兒去西區一會兒又去東區他妻子隨時改變路線今天在這裏過幾天卻在另一個地方。他長期以來迷惑不解很難確定私通者究竟是誰起初他還以爲妻子是在迷惑他後來他才明白她同時與幾個男人私通。你分析中說殺人者一旦發現這種事情以後應該殺死自己的妻子或者自己也去私通。但是峽谷咖啡館的凶殺卻是殺死一個男人這個事實很值得思考也就是說你的分析需要重新開始。根據我的想法是殺人者一旦發現妻子同時與幾個男子私通以後他曾經想殺死自己的妻子但他實在下不了手隨便怎麼說他們之間也有過一段幸福生活那一段生活始終阻止了他向她下手。你提供的另一種辦法即他也去私通他也不是沒有去試過可是人與人不一樣他那方面實在不行。最後他只有一條路可走就是去殺死私通者可私通者有好幾個他應該把他們全部殺死然而問題是那些私通者他一個也確定不下來他怎麼殺人呢？而且又會在峽谷咖啡館找到一個私通者從而把他殺死這個問題我想了很久怎麼也想不出來。

江飄致陳河的信

你的信提出了一個很關鍵的問題，也就是那起凶殺最後的問題。凶手怎麼會在咖啡館找到私通者，並且把他殺死。事實上要想解答這個問題也不是十分艱難，我們可以通過各種途徑去設想，肯定能夠找到答案。

我覺得被殺者很可能常去峽谷咖啡館，至於殺人者是否常去那就不重要了。我們可以設計殺人者偶爾去了一次咖啡館，在被殺者對面坐了下來。被殺者是屬於那種被女人寵壞了的男人，他愛在任何人面前談論他的豔事。這種男人我常遇上，這種男人往往只搞過一兩個女人，但他會吹噓自己搞過幾十個了。他不管聽者是否認識都會滔滔不絕地告訴對方，他的話中有眞有假，他在談起自己豔事時，會把某一兩個女人的特性吐露出來。譬如身體某部位有什麼標記。當殺人者在被殺者對面坐下來以後，就開始傾聽他的吹噓了。當他說到某個女人時，說到這個女人的一些習性時，殺人者便開始警惕起來，顯然那些習性與他妻子十分相像。最後被殺者不小心吐露了那個女人身體某部位某個標記時，殺人者便知道他說的就是自己的妻子，同時他也知道私通者是誰。被殺者顯然無法知道即將大禍臨頭，他越吹越忘乎所以，把他和她床上的事也抖出來。然後他挨了一刀。

我這樣分析可能太巧合了，你也許會這樣認爲。但事實上巧合的事到處都有。巧合的事一旦成爲事實，那麼誰也不會大驚小怪，都會覺得很正常。

陳河致江飄的信

你的分析非常有道理我同意你對巧合的解釋實在是巧合到處都有那是很正常的事。我不知道你爲什麼在整個分析裏把刀給忘掉了那把刀非常重要不能沒有。既然殺人者是偶然遇上被殺者然後確定他和自己的妻子私通是偶然遇上並不是早就盯住殺人者不太可能隨身帶著一把刀。也可以這樣解釋那時候殺人者褲袋裏剛好放了一把刀但這樣實在是太巧合了。你的分析我完全同意就是這把刀怎麼會突然出來了這一點我還一時想不通。你在分析殺人者偶爾走進咖啡館時讓人感到他並沒有帶著刀可後來說出來就出來了是否有點太突然。

江飄致陳河的信

來信收到，你的問題來得很及時，要解決刀的問題事實上也很簡單，只需做一些補充就行了。

殺人者顯然早就知道妻子與許多男人私通，正如你分析的那樣，他曾經想殺死妻子，但他怎麼也下不了手；他也試圖去和別的女人私通，可他在那方面實在不行。而妻子與人私通的事實又使他不堪忍受。按你的話說是：他終於絕望和憤怒了。所以他就準備了一把刀，一旦遇上私通者就把他殺死。結果他在峽谷咖啡館遇上了。

陳河致江飄的信

你對刀的補充讓我信服也就是說他早就準備了一把刀隨時都會殺人所以他走進咖啡館時身上帶著刀。我又發現了一個新的問題就是他雖然走進咖啡館時身上帶著刀但他當時並不知道自己要殺人他殺人是突然發生的所以他殺人之後不會非常冷靜地去叫警察。同歸於盡的殺人一般應該早就準備好了的也就是說他早就知道被殺者與自己妻子私通早就知道被殺者常去峽谷咖啡館我記得你也曾向我提出過這樣的問題。另一方面既然他知道自己的妻子同時與幾個男人私通他不可能只和一個男人同歸於盡他應該試圖把所有的私通者都殺死然後和最後一個私通者同歸於盡。如果峽谷咖啡館的被殺者是最後一個私通者的話那麼他應該早就有準備而不會是偶然遇上。其實這是不可能的他不可能知道所有的私通者他能確定一個就已經很不錯了很可能他一個也確定不了他只能懷疑那麼幾個人但很難確定在這種情況下他想殺人的話會殺錯人。你前信中的分析裏令人信服的地方就是讓他確定了一個私通者通過習性與標記來確定的但沒說清楚他爲何要同歸於盡。

江飄致陳河的信

你提的問題很有意思，正如你信上所說，他不可能知道所有與自己妻子私通的人，這很對。但由於憤怒他想殺人，在這種情況下，他只要殺死一個私通者也能平息憤怒了。所以他早就準備同歸於盡，只要能夠找到一個私通者他就會毫不猶豫地殺死他。對他來說最重要的是平息憤怒，而不是把所有的私通者都殺死，你殺得完嗎？首先他能知道所有的私通者嗎？退一步說，由於他長久的尋找，仍然沒法確定私通者，一個也沒法確定，他就會變得十分急躁。當他在咖啡館裏遇到被殺者時，即便被殺者並未與他妻子私通，他也知道這一點。可是被殺者吹噓自己如何去勾引別人的妻子時，被殺者的得意洋洋使他的憤怒針對他而來了，在這種情況下，殺人者也會用同歸於盡的方法殺死那人，雖然那人並未勾引他的妻子。因爲對他來說，最重要的是如何解決自己已經無法忍受的憤怒，這是最爲關鍵的。殺人在這個時候其實只是一種手段而已，在那個時候殺誰都一樣。

陳河致江飄的信

我反覆讀你的信你的信讓我明白了很多東西你實在是一個了不起的人太了不起了。我現在非常想見你我們通了那麼多的信卻一直沒有見面我太想見你了。你能否在十二月二日下午去峽谷咖啡館在以前的位置上坐下來我也會去我們就在那地方見面。

江飄致陳河的信

我也十分樂意與你見面，你一定是一個很有趣的人，但十二月二日下午我沒空，我有一個約會。我們十二月三日見面吧。就在峽谷咖啡館。

一九八七年十二月三日

窗外的氣候蒼白無力，有樹葉飄飄而落。

「這天要下雪了。」

一個身穿燈心絨夾克的男子坐在斜對面。他說。他的對座精神不振，眼神恍惚地看著一位女侍的腰，那腰在擺動。

「該下雪了。」

老闆坐在櫃檯內側，與香菸、咖啡、酒坐在一起，他望著窗外的景色，他的眼神無聊地瞟了出去。兩位女侍站在他的右側，目光同時來到這裏，挑逗什麼呢？這裏什麼也沒有。一位女侍將目光移開，獻給斜對面的鄰座，她似乎得到了回報，她微微一笑，然後轉回身去換了一盒磁帶，《你爲何不追求我》在「峽谷」裏賣弄風騷。

「你好像不太習慣這裏的氣氛？」

「還好，這是什麼曲子？」

鄰座的兩人在交談。另一位女侍此刻向這裏露出了媚笑，她總是這樣也總是一無所獲。別再去看她了，去看窗外吧，又有一片樹葉飄落下來，有一個人走過去。

「你的信寫得眞好。」

「很榮幸。」

「你的信讓我明白了很多東西。」

「你是不是病了，臉色很糟。」

老闆側過身去，他伸手按了一下錄音機的按鈕，女人的聲音立刻終止。他換了一盒磁帶。《吉米，來吧》。

「你幹嗎這麼看著我。」

「峽谷」裏出現了一聲慘叫，女侍驚慌地捣住了嘴。穿燈心絨夾克的男人倒在地上，胸口插著一把刀。

那個精神不振的男人從椅子上站起來，他走向老闆。

「這兒有電話嗎？」

老闆呆若木雞。

男人走出「峽谷」，他在門外站著，過了一會他喊道：

「警察，你過來。」

一九八九年十月三十日

麥田出版

廣 告 回 郵
北區郵政管理局登記證
北台字第 10158 號
免 貼 郵 票

104 台北市民生東路二段141號2樓

英屬蓋曼群島商家庭傳媒股份有限公司城邦分公司　收

請沿虛線摺下裝訂，謝謝！

麥田出版

文學・歷史・人文・軍事・生活

編號：RL9905	書名：戰慄

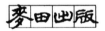

cité 城邦

讀者回函卡

謝謝您購買我們出版的書。請將讀者回函卡填好寄回，我們將不定期寄上城邦集團最新的出版資訊。

姓名：＿＿＿＿＿＿＿＿　電子信箱：＿＿＿＿＿＿＿＿

聯絡地址：□□□ ＿＿＿＿＿＿＿＿＿＿＿＿＿＿＿＿

＿＿＿＿＿＿＿＿＿＿＿＿＿＿＿＿＿＿＿＿＿＿＿＿

電話：（公）＿＿＿＿＿＿＿＿（宅）＿＿＿＿＿＿＿＿

身分證字號：＿＿＿＿＿＿＿＿＿＿ (此即您的讀者編號)

生日：＿＿年＿＿月＿＿日　性別：　□ 男　□ 女

職業：□ 軍警　□公教　□ 學生 □ 傳播業

□ 製造業 □ 金融業 □ 資訊業 □ 銷售業

□ 其他 ＿＿＿＿＿＿

教育程度：□ 碩士及以上　□大學　□專科　□ 高中

□ 國中及以下

購買方式：□ 書店　□ 郵購　□ 其他 ＿＿＿＿＿＿

喜歡閱讀的種類：□ 文學　□ 商業　□ 軍事　□ 歷史

□ 旅遊　□ 藝術　□ 科學　□ 推理　□ 傳記

□ 生活、勵志　□ 教育、心理

□ 其他 ＿＿＿＿＿＿

您從何處得知本書的消息？（可複選）

□ 書店　□ 報章雜誌　□ 廣播　□ 電視

□ 書訊　□ 親友　□ 其他 ＿＿＿＿＿＿

本書優點：□ 內容符合期待　□ 文筆流暢 □ 具實用性

（可複選）□ 版面、圖片、字體安排適當　□ 其他 ＿＿＿＿

本書缺點：□ 內容不符合期待　□ 文筆欠佳 □ 內容平平

(可複選)　□ 觀念保守　□ 版面、圖片、字體安排不易閱讀

□ 價格偏高　□ 其他 ＿＿＿＿＿＿

您對我們的建議：

＿＿＿＿＿＿＿＿＿＿＿＿＿＿＿＿＿＿＿＿＿＿＿＿